НА МАМА, ТАТКО, РЕ, СКОТ И ПАТРИК

ДРУГИ КНИГИ ОТ ДЖЕФ КИНИ

Diary of a Wimpy Kid: The Last Straw

Diary of a Wimpy Kid: Do-It-Yourself Book

Diary of a Wimpy Kid: Dog Days

Diary of a Wimpy Kid: The Ugly Truth

Следваща книга в поредицата:

Diary of a Wimpy Kid: Rodrick Rules

ДНЕВНИКЪТ
на
ЕДИН ДРЪНДЬО

ХРОНИКИТЕ НА ГРЕГ ХЕФЛИ

от Джеф Кини

Дуо Дизайн

София

Diary of a Wimpy Kid
Author: Jeff Kinney
Original English language edition is first published in 2007
by Harry N. Abrams, Inc., New York.
(All rights reserved in all countries by Harry N. Abrams, Inc.)

Колектив на Amulet Books:
Copyright © Jeff Kinney
Book Design by Jeff Kinney
Cover Design by Chad W. Beckerman and Jeff Kinney
Wimpy Kid text and illustrations copyright © 2007 Wimpy Kid, Inc.
DIARY OF A WIMPY KID®, WIMPY KID™, and the Greg Heffley design™
are trademarks of Wimpy Kid, Inc. All rights reserved.

РЕЗЮМЕ: Грег описва преживелиците си в средното училище. Там той и най-добрият му приятел Раули, дребни слабаци, се опитват да оцелеят между момчета, бръснещи се по два пъти на ден. Когато обаче Раули става по-популярен, Грег трябва да предприеме драстични мерки, за да спаси приятелството им.

Колектив на Дуо Дизайн:
© Михаил Балабанов, превод
Виолета Величкова, стилов редактор
Ани Владева, коректор
Нора Брайнова, художествен редактор
Румен Райчев, технически редактор
Владимир Германов, предпечат

Дневникът на един дръндьо
Автор: Джеф Кини
ISBN: 978-954-8396-37-0 твърда подвързия
ISBN: 978-954-8396-38-7 мека подвързия
© Дуо Дизайн ООД
www.duo-design.com
ask@duo-design.com

СЕПТЕМВРИ

<u>Вторник</u>

Първо, да се разберем: това е ХРОНИКА, а не дневник. Знам какво пише на корицата, но когато майка ми отиде да купи въпросното нещо, ИЗРИЧНО ѝ казах да вземе такова без надпис „Дневник".

Страхотно. Само това ми липсва – някой глупак да ме види с тази книжка и да получи грешно впечатление.

Освен това трябва да подчертая още сега, че това беше идея на МАЙКА МИ, не моя.

Но ако тя мисли, че ще си изливам „чувствата" тук или нещо такова, значи е откачила.

Така че не очаквайте да пиша в стил „Мило дневниче, това", „Скъпо дневниче, онова".

Съгласих се само заради едно. Когато след време стана богат и известен, няма да ми е до това да отговарям на глупави въпроси по цял ден. Значи книжката ще влезе в работа.

Както казах, един ден ще бъда прочут, но засега съм заседнал в основното училище заедно с шайка малоумници.

Ще кажа само за протокола, че според мен основното училище е най-тъпото изобретение на света. В него са смесени хлапета като мен, които още не са започнали да растат сериозно, и горили, които трябва да се бръснат два пъти дневно.

И после се чудят защо тормозът е такъв голям проблем в основното училище.

Ако зависеше от мен, класовете щяха да се разделят по височина, не по възраст. От друга страна обаче, тогава деца като Чираг Гупта още щяха да са в първи клас.

Днес е първият учебен ден и точно в момента чакаме учителя да се накани и да довърши схемата за сядане. Така че реших да попиша тук, за да убия малко време.

Между другото, ще ви дам един добър съвет. В първия учебен ден трябва много да внимавате къде сядате. Представете си как влизате и си плъосвате нещата на първия попаднал ви чин и в следващия момент чувате учителя...

И така, в часовете по този предмет съм заклещен между Крис Хоузи отпред и Лайънел Джеймс отзад.

Джейсън Брил закъсня и почти седна отдясно до мен, но за щастие успях да го спра в последния момент.

За следващия час трябва да се настаня сред някоя група яки мацки веднага щом вляза в стаята. Макар че ако го направя, значи нищо не съм научил от предишната година.

Човече, не знам КАКВО им има на момичетата в днешно време. В началното училище беше съвсем просто. Ако тичаш най-бързо в класа, всички момичета си падат по теб.

А в пети клас най-бързият бегач бе Рони Маккой.

Сега е много по-сложно. Вече зависи какви дрехи носиш, колко си богат, дали имаш хубаво дупе и какво ли не още. А тези като Рони Маккой се чешат по главата и се чудят какво е станало.

Най-харесваното момче сред връстниците ми е Брайс Андерсън. Най-гадното е, че аз ВИНАГИ съм се разбирал с момичетата, а такива като Брайс изкласиха през последните две години.

Спомням си как се държеше Брайс в началното училище.

Но, разбира се, сега никой не си спомня, че през цялото време съм защитавал момичетата.

Както казах, Брайс е най-харесваният сред връстниците ми, така че всички останали се боричкаме за другите позиции.

Доколкото мога да преценя, тази година съм 52-ри или 53-ти по популярност. Добрата новина е, че ще мина с едно място напред, понеже Чарли Дейвис е преди мен, а следващата седмица ще му слагат шини на зъбите.

Опитвам се да обясня тази работа с популярността на приятеля ми Раули (който вероятно е някъде след 150-то място), но при него май всичко влиза в едното ухо и излиза от другото.

Сряда

Днес имахме физическо и като излязохме, веднага се промъкнах до баскетболното игрище да проверя дали Сиренето е още там. Там си беше.

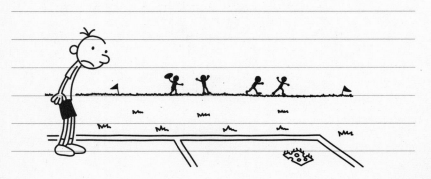

Това парче Сирене стои на асфалта от миналата пролет. Сигурно е паднало от нечий сандвич. След първите два дни плесеняса и стана доста гадно. Никой не искаше да играе баскетбол на игрището със Сиренето, макар че само там имаше кош с мрежа.

След това един хлапак, Дарън Уолш, пипна Сиренето с пръст и така започна историята със Сиренявото докосване. То е нещо като въшките: ако имаш Сиреняво докосване, не можеш да се отървеш от него, докато не го предадеш на някой друг.

Единствената защита от Сиреняво докосване е да си кръстосаш пръстите.

Само че не е лесно да си държиш пръстите кръстосани цял ден. Накрая залепих моите с тиксо, за да са кръстосани постоянно. Получих двойка по краснопис, но си струваше.

Едно момче, Ейб Хол, получи Сиренявото докосване през април и до края на годината никой даже не се доближи до него. Лятото Ейб се премести в Калифорния и отнесе Сиренявото докосване със себе си.

Надявам се само някой да не започне цялата глупост отново. Хич не ми трябва пак такъв стрес.

Четвъртък

Много ми е трудно да свикна, че лятото е свършило и всяка сутрин трябва да ставам рано за училище.

Лятото ми не започна кой знае колко добре благодарение на по-големия ми брат Родрик.

Два дни след началото на ваканцията Родрик ме събуди посред нощ. Каза ми, че съм проспал цялото лято, но за щастие съм се събудил тъкмо навреме за първия учебен ден.

Може да ви се струва доста тъпо да се хвана на това, но Родрик беше облечен за училище и ми беше нагласил будилника все едно е сутрин. Освен това беше дръпнал завесите, за да не мога да видя, че навън е още тъмно.

След като Родрик ме събуди, просто се облякох и слязох по стълбите да си направя закуска, както всяка сутрин преди училище.

Изглежда съм вдигнал доста шум, понеже миг след това татко слезе в кухнята и ми се развика, задето ям корнфлейкс в три часа сутринта.

Отне ми около минута да загрея какво, по дяволите, става.

Когато се усетих, казах на татко, че Родрик си е направил шега с мен и ТОЙ трябва да отнесе конското.

Татко слезе в мазето да подкове Родрик и аз отидох с него. Нямах търпение да видя как Родрик ще си получи заслуженото.

Родрик обаче си беше покрил следите доста добре. Татко сигурно и до днес си мисли, че ми хлопа дъската.

ХР-Р-Р-Р

Петък

Днес в училище ни разделиха на групи за четене.

Не ти казват направо дали си в групата „Надарени" или „Изоставащи", но се разбира веднага по кориците на книгите, които раздават.

Доста се разочаровах, че са ме сложили при надарените. Това значи само много повече работа.

Когато ни изпитваха в края на миналата година, много се постарах тази година да ме сложат при изоставащите.

Мама е много гъста с директора – бас държа, че се е намесила, за да ме върнат при надарените.

Мама все казва, че съм умно дете, но просто не се „старая".

Но ако съм научил нещо от Родрик, то е да създавам ниски очаквания у хората.
Така ги изненадваш, без да полагаш никакви усилия.

Всъщност донякъде се радвам, че планът ми да попадна в групата на изоставащите се провали.

Видях как някои от хлапетата с „Бинки казва буу" си държат книгите наопаки и не мисля, че го правеха на шега.

Събота

Е, първата учебна седмица накрая свърши, така че днес си поспах.

Повечето деца стават рано в събота, за да гледат анимационни филмчета или нещо такова. Не и аз. Единствената причина изобщо да ставам в събота и неделя е, че накрая просто не мога да търпя мириса на собствения си дъх.

МЛЯС
МЛЯС

За нещастие татко се буди в 6,00 сутринта, без значение КОЙ ден от седмицата е, и изобщо не му пука, че се опитвам да се насладя на съботата като нормален човек.

Днес нямаше какво да правя, така че се запътих към къщата на Раули.

По принцип Раули е най-добрият ми приятел, но това със сигурност ще се промени.

Избягвам го от първия учебен ден, когато успя наистина да ме подразни.

Тъкмо си прибирахме нещата от шкафчетата в края на деня, когато Раули ме доближи и каза...

Казвал съм му милион пъти, че сега сме в основното училище, където се казва „да се пошматкаме", не „да играем". Колкото и да го пляскам зад врата обаче, той все забравя до следващия път.

Откакто съм в основното училище, много внимавам за имиджа си. Присъствието на Раули обаче определено не ми помага.

С Раули се срещнахме преди няколко години, когато той се премести в нашия квартал.

Майка му му купи книга, наречена „Как да се сприятеляваме на ново място", и той пристигна у нас, за да изпробва всичките тъпи съвети от нея.

Мисля, че го съжалих, и реших да го взема под крилото си.

Беше чудесно да е наоколо най-вече защото аз използвах всичките номера, които Родрик прилагаше върху МЕН.

Понеделник

Нали ви казах вече, че правя всякакви номера на Раули. Е, имам малък брат Мани и НИКОГА няма да ми се размине, ако ги пробвам върху него.

Мама и татко го пазят като писано яйце. Той никога си няма неприятности, дори ако наистина заслужава.

Вчера Мани си нарисува автопортрет с водоустойчив маркер на вратата на моята спалня. Помислих, че мама и татко здраво ще го нахокат, но както обикновено, грешах.

АУУ, СЛАДУРЧЕ...

Но това, което ме дразни най-много у Манц, е как ме нарича. Когато беше малък, не можеше да казва „брат ми" и започна да ми казва Бъби. И ВСЕ ОЩЕ ме нарича така, макар че постоянно увещавам нашите да го накарат да спре.

За щастие никой от приятелите ми не е научил, но повярвайте ми, разминавало се е на косъм.

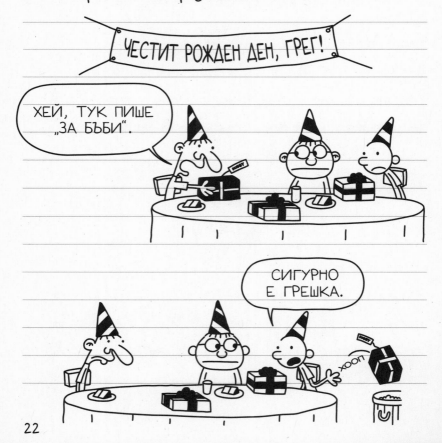

Мама ме кара да помагам на Мани да се приготвя за училище сутрин. След като му направя закуска, той си носи купата с корнфлейкс в дневната и сяда на пластмасовото си гърне.

А когато стане време за детската градина, той става и изсипва недоядената закуска в тоалетната си.

Мама винаги ме хока, че не си довършвам закуската. Но ако трябваше всяка сутрин да стърже корнфлейкс от дъното на пластмасовото гърне, и тя нямаше да има голям апетит.

Вторник

Не знам споменавал ли съм го, но съм СУПЕР добър на видеоигри. Басирам се, че мога да бия всеки на моята възраст.

За съжаление татко не оценява особено високо моите умения. Все ми натяква да излизам и да правя нещо „активно".

Затова днес след вечеря, когато взе да ме тормози да излизам, се опитах да му обясня как във видеоигрите можеш да играеш спортове като футбол и баскетбол, без да се загрееш и да се изпотиш целият.

Както обикновено, татко не схвана моята логика.

Като цяло той е доста интелигентен, но що се отнася до здравия разум... понякога му се чудя.

Сигурен съм, че татко би разглобил конзолата ми, ако знаеше как. За щастие тя е произведена така, че е устойчива на родители.

Всеки път, когато татко ме изритва навън
да спортувам, просто отивам у Раули и играя
видеоигри там.

За съжаление единствените игри, които мога да
играя у Раули, са състезания с коли и подобни.

Това е защото когато занеса игра у тях,
неговият баща прави справка за нея в някакъв
уебсайт за родители. И ако в играта има
КАКЪВТО И ДА Е бой или насилие, не ни
дава да я играем.

Малко ми писва да играя „Формула 1" с Раули,
тъй като той не е сериозен геймър като мене.
За да го победиш, е достатъчно да дадеш на
колата си идиотско име в началото на играта.

След това, когато го задминеш, губи самообладание.

Както и да е, след като днес ми омръзна да разгромявам Раули, се отправих към къщи. Претичах няколко пъти през пръскачката на съседите, за да се престоря на изпотен, и това изглежда убеди баща ми.

Номерът обаче се обърна срещу мен. Веднага щом ме видя, мама ме прати горе да си взема душ.

Сряда

Вероятно татко доста се е възгордял, че ме накара да изляза вчера, защото се опита да го направи и днес.

Вече става наистина досадно да ходя у Раули всеки път, когато ми се играят видеоигри. На средата на пътя до Раули живее едно странно хлапе, Фрегли. Той винаги кисне в предния си двор, затова е доста трудно да го избегнеш.

ИСКАШ ЛИ ДА МИ ВИДИШ „ТАЙНАТА ЛУНИЧКА"?

ЪЪ... НЕ, БЛАГОДАРЯ.

Фрегли е в моята група по физическо в училище и си е измислил собствен език. Например, когато трябва да отиде до тоалетната, казва...

Ние, децата, вече сме му свикнали, но учителите май още не са наясно.

Днес обаче вероятно и сам щях да отида до Раули, тъй като брат ми Родрик и групата му репетират в мазето.

Групата на Родрик е НАИСТИНА ужасна и не мога да изтърпя да съм си вкъщи, докато репетират.

Групата се нарича „Наакана пелена", само че на микробуса на Родрик е изписано „Наäкана пилена".

Може да си помислите, че го е написал така нарочно, за да изглежда по-яко, но се басирам, че ако му кажете как всъщност се пише „наакана пелена", ще го изненадате.

Татко беше против идеята на Родрик да основе група, но мама горещо го подкрепи.

Тя му купи и първите барабани.

Мисля, че мама си въобразява, че всички ще се научим да свирим на нещо и ще станем някоя от онези семейни групи, които показват по телевизията.

Татко наистина мрази хевиметъл, а точно това свири Родрик с групата си. Не мисля, че на мама й пука какво свири или слуша Родрик, понеже за нея всичката музика е еднаква. Всъщност по-рано днес Родрик слушаше един от дисковете си в дневната, а мама влезе и започна да танцува.

Това сериозно подразни Родрик, така че той отскочи до магазина и се върна след петнайсет минути с чифт слушалки. Това, общо взето, отстрани проблема.

Четвъртък

Вчера Родрик си купи нов диск с хевиметъл. На него имаше една от ония лепенки „Предупреждение за родителите".

Никога не съм слушал диск с надпис „Предупреждение за родителите", тъй като нашите не ми дават да си купувам такива в мола. И така, осъзнах, че единственият ми шанс да чуя диска на Родрик е да го отмъкна извън къщи.

Сутринта, след като Родрик излезе, се обадих на Раули и му казах да си донесе сидиплейъра в училище.

След това слязох в стаята на Родрик и взех диска от поставката.

В училище не разрешават да си носиш собствен музикален плейър, така че трябваше да изчакаме да свърши обядът, когато учителите ни пускаха навън. Веднага щом можеше, ние с Раули се промъкнахме зад училището и заредихме диска на Родрик в плейъра.

Раули обаче беше забравил да сложи батерии, така че плейърът беше, общо взето, безполезен.

Тогава ми хрумна страхотна идея за игра. Целта беше да си поставиш слушалките на главата и да ги изтръскаш оттам, без да използваш ръце.

Победител беше този, който го направи най-бързо.

Поставих рекорд със седем секунди и половина, но май успях да си цтръскам и няколко пломби от зъбите.

Точно по средата на играта госпожа Крег зави иззад ъгъла и ни спипа на местопрестъплението. Тя взе плейъра от мен и започна да ни се кара.

Мисля обаче, че имаше погрешна представа за това, какво сме правили. Започна да ни обяснява как рокендролът е „зъл" и ще ни унищожи мозъците.

Щях да ѝ кажа, че в плейъра дори няма батерии, но ми беше ясно, че не иска да я прекъсвам. Затова просто изчаках да приключи и казах: „Да, госпожо".

Но точно когато госпожа Крег щеше да ни пусне, Раули се разхленчи, че не искал рокендролът да му унищожи „мозъка".

Честно, понякога наистина не знам какво да го правя това момче.

Петък

Е, сега вече я свърших.

Снощи, след като всички си бяха легнали, се промъкнах долу да чуя диска на Родрик на уредбата в дневната.

Сложих си новите слушалки на Родрик и надух звука МНОГО силно. После натиснах „Play".

Преди всичко искам да кажа, че определено разбирам защо на диска има лепенка „Предупреждение за родители".

Но успях да прослушам само половин минута от първата песен, когато ме прекъснаха.

Оказа се, че не бях включил слушалките в уредбата. Така че музиката се лееше от КОЛОНИТЕ, не от слушалките.

Татко ме експедира в стаята ми и затвори вратата след себе си, след което каза...

Когато баща ми каже „приятелче" по този начин, знаеш, че си закъсал.

Първия път, когато ми го беше казал така, не бях усетил сарказма. Затова ме беше сварил неподготвен.

Вече не правя тази грешка.

Тази вечер татко ми крещя около десет минути, след което май реши, че е по-добре да си лежи в леглото, вместо да стърчи в стаята ми по пижама. Каза, че ми забранява да играя видеоигри за две седмици, което горе-долу и очаквах.

Предполагам, трябва да се радвам, че се размина само с това.

Хубавото у татко е, че когато се вбеси, му минава много бързо и после всичко приключва.

ПОДХОДЯЩ МОМЕНТ ЗА ПАКОСТ

НЕПОДХОДЯЩ МОМЕНТ ЗА ПАКОСТ

Обикновено когато сгазиш лука пред него, той просто те замерва с каквото му е под ръка.

Мама има КОРЕННО различен стил в наказването. Ако се издъниш и те хване, тя първо няколко дни мисли как да те накаже.

И докато чакаш, правиш куп добри постъпки, за да ти се размине по-леко.

Но след няколко дни, когато ТИ вече си забравил, че си сгафил, точно тогава тя ти го напомня.

Понеделник

Забраната върху видеоигрите е много по-тежка, отколкото си мислех. Поне обаче не съм единственият с проблеми в семейството.

Родрик сега също е в немилост пред мама. Мани намерил едно от списанията му за хевиметъл и на една от страниците имало снимка на жена по бикини, легнала върху капака на кола. Мани я занесъл в детската градина за занятието „Разкажи и покажи".

Както и да е, мисля, че мама не се зарадва особено на телефонното обаждане.

Видях списанието и сам, и честно казано, не беше нещо, за което да вдигаш толкова шум. Мама обаче не позволява такива неща вкъщи.

Наказанието за Родрик беше да отговори на няколко въпроса, написани от мама.

Притежаването на това списание направи ли те по-добър човек?

Не.

Направи ли те по-харесван в училище?

Не.

Как се чувстваш сега, като си притежавал таква списание?

Засрамен.

Имаш ли да кажеш нещо на жените, задето си притежавал таква списание?

Извинявайте, жени.

Все още ми е забранено да играя видеоигри, така че Мани ползва моята конзола. Мама излезе и купи цял куп образователни видеоигри и е истинско мъчение да гледам как Мани ги играе.

Добрата новина е, че накрая се сетих как да промъкна някои от игрите си покрай бащата на Раули. Просто поставих един от дисковете си в обложката на „Открийте азбуката" на Мани. Това беше достатъчно.

Четвъртък

Днес в училище обявиха, че наближават избори за ученическо ръководство. Да ви кажа честно, никога не съм се интересувал от това. Когато се замислих обаче, се сетих, че ако ме изберат за касиер, това може ИЗЦЯЛО да промени позициите ми в училище.

Или още по-добре ...

Никой никога не кандидатства за касиер, понеже всички се стремят към престижните места като председател или заместник-председател. Предполагам, че ако утре се запиша за изборите, скоро ще съм касиер.

Петък

Днес си вписах името в списъка за касиер. За съжаление едно момче, Марти Портър, също кандидатства за касиер, а той е много добър по математика. Може би няма да е толкова лесно, колкото си мислех.

Казах на татко, че кандидатствам за ученическото ръководство. Изглеждаше доста въодушевен. Оказва се, че на моята възраст и той е кандидатствал и всъщност е спечелил.

Татко се разрови из някакви стари кутии в мазето и намери един от плакатите за кампанията си.

Реших, че идеята с плаката е доста добра, затова помолих татко да ме закара до магазина за някои материали. Запасих се с кадастрон и маркери и прекарах нощта в работа по кампанията си. Надявам се плакатите да подействат.

Днес донесох плакатите си в училище и трябва да кажа, бяха станали доста добре.

Започнах да закачам плакатите веднага щом влязох. Те обаче стояха само три минути, преди заместник-директорът Рой да ги види.

Господин Рой заяви, че не е разрешено да пишем „измислици" за другите кандидати. Затова му казах, че случката с въшките си беше истина и заради нея на практика бяха затворили училището.

Независимо от това той взе всичките ми плакати. Затова днес Марти Портър се разхождаше и раздаваше близалки, за да си купува гласове, а моите плакати бяха на дъното на кошчето на господин Рой. Това май означава официален край на политическата ми кариера.

ОКТОМВРИ

Понеделник

Е, накрая дойде октомври и до Деня на
Вси светии има само трийсет дни. Това е
ЛЮБИМИЯТ ми празник, въпреки че според
мама съм вече голям да обикалям за лакомства.

Денят на Вси светии е любимият празник и на
татко, но по друга причина. Вечерта, когато
останалите родители раздават бонбони, той
се крие в храстите с кофа за боклук, пълна с
вода.

Ако тийнейджъри минат покрай нашата алея,
той ги залива с вода.

ЯААААА!

Не съм сигурен, че татко проумява идеята на Деня на Вси светии. Не съм обаче аз този, който ще се опита да му развали удоволствието.

Тази вечер е откриването на къщата на ужасите на гимназията „Крослан$" и успях да накарам мама да ни заведе двамата с Раули. Раули се появи у нас с костюма си от миналата година. Когато му се обадих преди това, му бях казал да носи обикновени дрехи, но той естествено не ме послуша.

Опитах се да не се дразня много. Преди никога не ме бяха пускали в къщата на ужасите на „Кросланд" и нямаше да позволя на Раули да ми развали изживяването. Родрик ми беше разказвал за нея и чаках този момент от около три години.

Както и да е, когато стигнахме до входа, започнах да размислям дали да вляза.

ДОБЪР ВЕЕЕЕЕЧЕЕЕР!

Мама обаче изглеждаше решена да приключи с това по-бързо, така че ни побутна навътре. След прага се зоредиха уплаха след уплаха. Имаше вампири, които скачаха върху теб, хора без глави и всякакви откачени неща.

Но най-лошата част беше нещо, наречено „Алеята на резачката". Там имаше едър мъж с хокейна маска и ИСТИНСКА моторна резачка. Родрик ми бе казал, че резачката е с гумено острие, но реших да не поемам рискове.

Точно когато изглеждаше, че човекът с резачката ще ни настигне, мама се появи и ни измъкна.

Мама накара човека с резачката да ни покаже изхода и това беше краят на преживяванията ни в къщата на ужасите. Предполагам, че постъпката ѝ беше малко нетактична, но този път смятам да си затворя очите.

Събота

Случката с къщата на ужасите ме накара да се замисля. Тези юнаци вземаха по пет долара на човек, а опашката се извиваше покрай половината училище.

Реших да си направя собствена къща на ужасите. Всъщност смятах да вербувам и Раули, понеже мама нямаше да ми разреши да превърна нашия първи етаж в имение, пълно с призраци. Знаех, че бащата на Раули също няма да е много ентусиазиран, затова решихме да построим къщата на ужасите в тяхното мазе и просто да не казваме на родителите му.

С Раули прекарахме повечето от деня в измисляне на страхотен план за нашата къща на ужасите.

Ето какво се получи накрая:

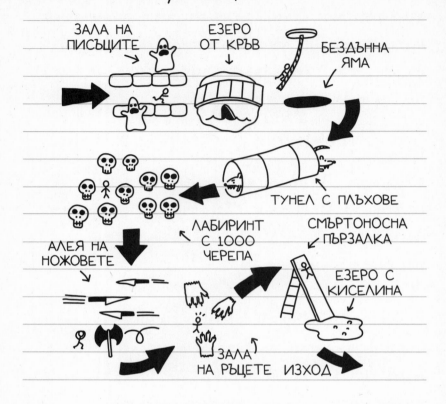

Не искам да се хваля, но нашата идея беше МНОГО по-добра от къщата на ужасите в гимназията „Кросланд".

Осъзнахме, че ще трябва да обявим какво правим, затова си намерихме хартия и нарисувахме листовки.

Признавам, че рекламата ни може би поукрасяваше истината малко, но трябваше да сме сигурни, че хората наистина ще дойдат.

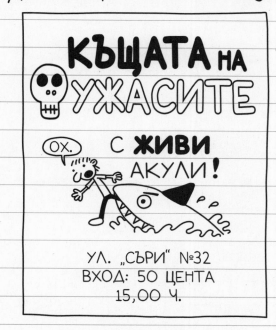

Когато приключихме с разлепването на листовките из квартала и се върнахме в мазето на Раули, вече беше два и половина, а ние дори не бяхме започнали да обзавеждаме къщата на ужасите.

Затова трябваше малко да поорежем първоначалния план.

Когато стана три часът, погледнахме отвън, за да видим дали е дошъл някой. И наистина, пред мазето на Раули чакаха двайсетина съседски деца.

Зная, че бяхме обявили такса от петдесет цента, но веднага видях шанса да направим удар.

Затова казах на хлапетата, че входът е по два долара, а това с петдесетте цента е било печатна грешка.

Първото хлапе, което се прости с двата си долара, беше Шейн Шела. Той плати и го пуснахме вътре, след което ние с Раули заехме местата си в Залата на писъците.

Залата на писъците, общо взето, представляваше едно легло с нас с Раули от двете му страни.

Може би бяхме направили Залата на писъците твърде страшна, защото на половината път Шейн се сгуши на топка под леглото. Опитахме се да го накараме да изпълзи, но той не помръдваше.

Замислих се за парите, които губехме, докато това хлапе задръстваше Залата на писъците, и разбрах, че трябваше бързо да го извадим оттам.

Накрая бащата на Раули слезе по стълбите. Първо се зарадвах да го видя - помислих си, че може да ни помогне да изкараме Шейн изпод леглото и да подкараме отново къщата на ужасите.

Таткото на Раули обаче не беше в много
услужливо настроение.

Той искаше да знае какво правим и защо Шейн
Шела е свит на топка под леглото.

Казахме му, че мазето е къща на ужасите и
Шейн Шела всъщност ни е ПЛАТИЛ, за да му
причиним това. Бащата на Раули обаче не ни
повярва.

Признавам, че като се огледаш, не приличаше
много на къща на ужасите. Единственото,
което имахме време да скалъпим, бяха Залата
на писъците и Езерото от кръв, което беше
старият бебешки басейн на Раули с половин
бутилка кетчуп в него.

Опитах се да покажа на таткото на Раули оригиналния ни план, за да докажа, че организираме съвсем порядъчен бизнес, но той все още не изглеждаше убеден.

Накратко, това беше краят на нашата къща на ужасите.

Хубавото беше, че тъй като бащата на Раули не ни повярва, той не ни накара да върнем парите на Шейн. Така че днес поне се сдобихме с два долара.

<u>Неделя</u>

Раули го наказаха заради вчерашната бъркотия с къщата на ужасите. Той няма да гледа телевизия една седмица и му е забранено да ме кани у тях през това време.

Последното всъщност не е честно, понеже наказва мен, а аз не съм направил нищо лошо. Сега къде ще играя видеоигри?

Така или иначе, стана ми малко мъчно за Раули. Затова вечерта се опитах да го компенсирам. Пуснах един от любимите му сериали по телевизията и му го заразказвах подробно по телефона, за да може поне някак да го чуе.

УХА! ГЛЕДАЙ КАКВА ОГНЕПРЪСКАЧКА!

...О, ДА, НЯМА ЗНАЧЕНИЕ.

Постарах се да не изоставам от събитията на екрана, но да си кажа честно, не съм сигурен дали до Раули достигаше пълният ефект.

Вторник

Наказанието на Раули накрая свърши, при това тъкмо навреме за Деня на Вси светии. Отидох у тях, за да проверя костюма му, и да си призная, малко му завиждам.

Майката на Раули му беше купила рицарски костюм, МНОГО по-як от миналогодишния.

С доспехите си имаше и шлем, щит и истински меч, и ВСИЧКО.

Аз никога не съм имал костюм, купен от магазин. Все още не съм решил като какво ще се маскирам на следващата вечер, така че вероятно ще измисля нещо в последната минута. Може би ще се появя отново като Мумията от тоалетна хартия.

Мисля обаче, че утре вечер ще вали, така че това може би не е най-умният избор.

През последните няколко години възрастните от квартала все повече се дразнят от смотаните ми костюми и започвам да си мисля, че това влияе върху количеството бонбони, които получавам.

Само че аз нямам време да си измайсторя истински костюм, защото планирам най-добрия маршрут, по който да поемем утре с Раули.

Тази година измислих план, който ще ни донесе поне два пъти повече бонбони от миналата година.

Денят на Вси светии

Около час преди да тръгнем за лакомства, все още нямам костюм. Вече сериозно се замислям да се появя като каубой втора поредна година.

Но тогава мама почука на вратата ми и ми даде пиратски костюм с превръзка за окото, кука и всичко останало.

Раули се появи около шест и половина в рицарския си костюм, но той ИЗОБЩО не изглеждаше като вчера.

Майка му беше направила подобрения с цел безопасност и човек вече не можеше да различи какво е представлявал костюмът.

Тя беше изрязала голяма дупка отпред на шлема, за да може Раули да вижда по-добре, и я беше покрила с лъскаво тиксо. Беше го накарала да носи зимно палто под всичко и беше заменила сабята със светеща пръчка.

Грабнах чантата си и с Раули се запътихме навън, но мама ни спря, преди да прекрачим прага.

ИСКАМ ДА ВЗЕМЕТЕ МАНИ С ВАС!

Трябваше да се досетя, че има уловка, в момента, когато ми даде костюма.

Казах ѝ, че няма НАЧИН да вземем Мани с нас, защото ще минем през 152 къщи за три часа. Освен това щяхме да бъдем на улица „Снейк Роуд", която е прекалено опасна за малчуган като Мани.

Изобщо не трябваше да споменавам последното, защото в следващия момент мама вече обясняваше на татко, че трябва да дойде с нас, за да се увери, че няма да излезем и на крачка извън нашия квартал. Той се опита да се измъкне, но след като мама реши нещо, няма начин да го промениш.

ТРЯС

Преди изобщо да излезем от нашата алея, се
натъкнахме на съседа господин Мичъл и сина му
Джеръми. Разбира се, ТЕ се присламчиха към нас.

Мани и Джеръми не искаха да спират при къщи
със страховита украса, което изключваше почти
всички къщи на нашата пресечка.

Татко и господин Мичъл започнаха да си
говорят за футбол и подобни неща и всеки път,
когато някой искаше да подчертае думите си,
спираха да вървят.

Така стигнахме до една къща на всеки двайсет
минути.

След два часа татко и господин Мичъл отидоха да върнат дребосъците у дома.

Зарадвах се, понеже така ние с Раули можехме да ускорим. Чантата ми беше почти празна, така че исках да наваксам колкото може повече време.

Малко по-късно Раули ми каза, че трябва да пишка. Накарах го да се стиска още четирийсет и пет минути. Когато стигнахме до къщата на баба ми обаче, беше ясно, че ако не му позволя да ползва тоалетната, може да стане беля.

Затова му казах, че ако не излезе до една минута, ще започна да ям от бонбоните му.

След това се върнахме на пътя, но вече беше десет и половина. Повечето възрастни май смятат, че тогава свършва Денят на Вси светии.

Това, общо взето, си личи, защото по това време започват да излизат по пижама и да гледат лошо.

Решихме да се връщаме у дома. Наваксахме доста време, след като татко и Мани ни оставиха, затова бях доста доволен от количеството събрани бонбони.

Когато бяхме на половината път, по улицата с рев се зададе пикап, пълен с гимназисти.

Момчето отзад държеше пожарогасител и запръска, когато минаха покрай нас.

Тук Раули се прояви геройски и спря 95% от водата с щита си. Ако не го беше направил, всичките ни лакомства щяха да подгизнат.

Когато камионът отмина, аз извиках нещо, за което съжалих две секунди по-късно.

Шофьорът скочи върху спирачките и обърна камиона. Ние с Раули хукнахме, но онези бяха по петите ни.

Единственото безопасно място, за което се сетих, беше къщата на баба ми, затова минахме напряко през няколко задни двора, за да се доберем дотам. Баба си беше легнала, но знаех, че държи ключ под изтривалката на верандата отпред.

Когато влязохме, погледнах през прозореца, за да видя дали са ни проследили, и те наистина бяха. Опитах се да ги разкарам, но те не помръдваха.

Е, СЛЕД КАТО СМЕ В БЕЗОПАСНОСТ У НАС, МАЙ НЕ МОЖЕТЕ ДА НИ ХВАНЕТЕ!

След известно време разбрахме, че тийнейджърите смятат да ни чакат докрай, и решихме да нощуваме у баба. Тогава започнахме да се държим предизвикателно, издавайки маймунски звуци.

Е, поне аз издавах маймунски звуци. Раули издаваше някакви негови си звуци, но общата идея беше същата.

Обадих се на мама и ѝ казах, че ще преспим у баба. Мама обаче звучеше доста ядосано по телефона.

Тя каза, че утре сме на училище и трябва да се приберем на секундата. Това значеше, че ще се наложи да бягаме.

Погледнах през прозореца и не видях никапа, но знаех, че са се скрили някъде и ни дебнат.

Промъкнахме се през задната врата, прескочихме оградата на баба и тичахме чак до „Снейк Роуд". Реших, че там имаме по-добър шанс, защото няма улични лампи.

„Снейк Роуд" си е страховита и без да те гони цял камион с тийнейджъри. Всяка преминаваща кола ни караше да скачаме в храстите. Сигурно ни отне половин час да изминем сто метра.

Но вярвате или не, стигнахме до вкъщи, без да ни хванат. И двамата бяхме нащрек чак докато спряхме на алеята пред нас.

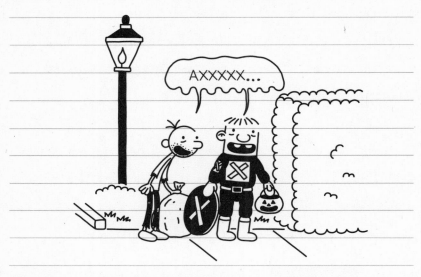

Точно тогава обаче се разнесе ужасяващ крясък и видях голяма водна вълна да се носи към нас.

СЪВСЕМ бях забравил за баща ми и изцяло си платихме за това.

Когато с Раули влязохме у дома, подредихме сладките на кухненската маса.

Единственото, което успяхме да спасим, бяха два ментови бонбона, увити в целофан, и четките за зъби, дадени ни от д-р Гарисън.

Мисля, че на следващия Ден на Вси светии ще си стоя вкъщи и ще ям шоколадови десертчета от купата, която мама държи върху хладилника.

НОЕМВРИ

Четвъртък

Днес с автобуса към училище минахме покрай къщата на баба ми. Предната вечер някой я беше обвил с тоалетна хартия, което, предполагам, не трябва да ме изненадва.

Чувствам се малко гузен, понеже изглеждаше, че почистването ще отнеме доста време. От друга страна, баба е пенсионерка, така че вероятно не е имала нищо планирано за днес и без това.

Сряда

По време на третия час господин Андъруд, нашият учител по физкултура, обяви, че момчетата ще имат занятия по борба през следващите шест седмици.

Ако има едно нещо, от което да се интересуват повечето момчета в моето училище, това е кечът. Така че господин Андъруд със същия резултат можеше да взриви бомба.

Обядът е точно след часа по физическо, така че в бюфета беше лудница.

Не зная какво им е хрумнало на тези от училището, за да организират занятия по борба. Но реших, че ако не искам да ме усукват като кифла в продължение на месец и половина, трябва да се подготвя добре за тази работа с борбата.

И така, наех две-три видеоигри, за да науча
някои хватки. И знаете ли какво? След няколко
опита наистина взе да ми се получава.

Всъщност останалите деца от класа ми по-добре
да внимават, защото ако продължавам така,
бих могъл да се превърна в истинска заплаха.

От друга страна, трябва да внимавам да не се справя ПРЕКАЛЕНО добре. Имаше едно момче, Престън Кал, което стана спортист на месеца, защото беше най-добро в занятията по баскетбол. Поставиха негова снимка в коридора.

На хората им отне около пет секунди да осъзнаят как се чете „П. Кал", след което за Престън всичко свърши.

<u>Четвъртък</u>

Днес установих, че борбата, преподавана от господин Андъруд, няма НИЩО общо с кеча от телевизията.

Първо, трябваше да носим неща, наречени „трика", които изглеждаха като бански костюми от деветнайсети век.

Второ, няма забивки или удряне на хората по главите със столове и тем подобни.

Дори няма ринг, ограден с въжета. Има само потен тепих, който сякаш никога не е мит.

Господин Андъруд започна да пита за доброволци, за да покаже някои хватки от борбата, но аз по никой начин нямаше да вдигна ръка.

С Раули се опитахме да се скрием зад завесата в задната част на салона, но там момичетата имаха занятия по гимнастика.

Махнахме се бързо и се върнахме при другите момчета.

Господин Андъруд си избра мен може би защото съм най-лекият в класа и може да ме подхвърля насам-натам, без да се напряга. Той показа на всички как се правят неща, наречени „полунелсън", „подсечка", „хвърляне" и разни други.

Докато правеше някаква хватка, наречена „мелница", усетих полъх някъде отдолу и разбрах, че трикото не ме покрива много добре.

Благодарих на късмета си, че момичетата са в другия край на салона.

Господин Андъруд ни раздели на групи по тегло. Първо бях доволен, понеже нямаше да се боря с някого като Бени Уелс, който вдига 110 килограма от лежанка.

Само че после разбрах срещу кого ЩЕ се боря и с радост бих го сменил за Бени Уелс.

Фрегли беше единственото дете, достатъчно леко, за да бъде в моята категория. Освен това изглежда беше слушал внимателно указанията на господин Андъруд, тъй като успя да ми приложи всички възможни хватки. Прекарах седмия час, опознавайки Фрегли МНОГО по-отблизо, отколкото съм искал някога.

Вторник

Занятията по борба обърнаха училището с главата надолу. Децата се борят из коридорите, в класните стаи – навсякъде. Най-лоши обаче са петнайсетте минути навън след обяда.

Не можеш да извминеш метър и половина, без да се спънеш в борещи се хлапета. Аз просто се опитвам да се държа на разстояние. Помнете ми думата, някой от тези глупаци ще се търколи право върху Сиренето и ще започне отново Сиренявото докосване.

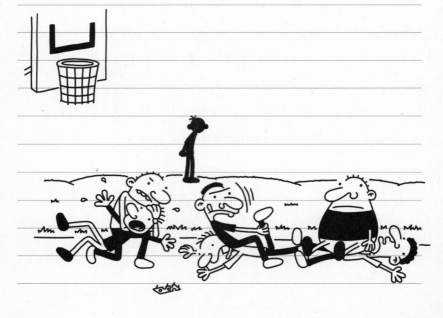

Другият ми голям проблем беше, че трябваше да се боря с Фрегли всеки ден. Но тази сутрин осъзнах нещо. Ако мога да изляза от категорията на Фрегли, няма да се боря повече с него.

Затова днес си натъпках дрехите с чорапи и тениски, за да премина в следващата категория.

Така обаче все още бях твърде лек, за да ме преместят.

Разбрах, че ще трябва да наддам наистина. Първо си мислех просто да започна да се тъпча с нездравословна храна, но после ми хрумна нещо много по-добро.

Реших да увелича теглото си с МУСКУЛИ
вместо с тлъстини.

Преди никога не ме е интересувало да съм във
форма, но занятията по борба ме накараха да
размисля.

Може би ако натрупам мускули сега, това
наистина може да ми е от полза по-късно.

През пролетта ще има занятия по американски
футбол, на които ни разделят на един отбор
с тениски и един без. Мен ВИНАГИ ме слагат
сред голите до кръста.

Мисля, че го правят, за да засрамят децата,
които не са във форма.

Ако мога сега да понатрупам малко мускули, следващия април ще бъде съвсем различно.

ГРЕГ ХЕФЛИ, ТИ СИ ОТ ГОЛИТЕ.

ХРРАС!

След вечеря събрах мама и татко и им разказах плана си. Казах им, че ще ми трябват сериозна екипировка за упражнения и хранителни добавки.

Показах им няколко списания за културизъм, които бях купил от магазина, за да видят колко напращели мускули ще имам.

Мама отначало не каза нищо, но татко беше много ентусиазиран. Мисля, че просто се радваше на това, колко съм различен, откакто съм пораснал...

Но мама каза, че ако искам щанги, трябва да докажа, че мога да спазвам тренировъчен режим. Каза и че мога да постигна това, като две седмици правя коремни преси и скок звезда.

Наложи се да обясня, че единственият начин да направиш огромни мускули е да използваш модерни уреди като във фитнеса, но мама не щеше и да чуе.

Тогава татко каза, че ако искам лежанка, трябва да стискам палци за Коледа.

Но Коледа е след месец и половина. А ако Фрегли ме прикове на земята още един път, ще получа нервна криза.

Изглежда нашите няма да ми помогнат. Това значи, че трябва да взема нещата в свои ръце, както обикновено.

Събота

Нямах търпение да започна тренировъчната си програма днес. Макар че мама не ми разреши да се сдобия с нужната екипировка, нямаше да позволя това да ме спре.

Затова се разрових из хладилника, излях млякото и портокаловия сок от опаковките и ги напълних с пясък. После ги привързах към една дръжка за метла и си направих съвсем прилична щанга.

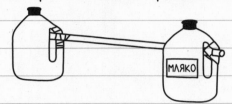

След това си направих лежанка от дъска за гладене и някакви кутии. Когато всичко беше налице, вече бях готов за сериозно вдигане на тежести.

Трябваше ми помощник, затова повиках Раули. И когато той цъфна на вратата в някакво смехотворно облекло, разбрах, че съм сбъркал.

Накарах Раули първи да използва лежанката главно за да видя дали дръжката за метла ще издържи.

Той направи около пет повторения и беше готов да се откаже, но не му позволих. Добрият тренировъчен партньор е за това – да те тласка отвъд границите на възможностите ти!

Знаех, че Раули няма да се отнесе към вдигането на тежести толкова сериозно като мен, затова реших да изпитам решимостта му.

В средата на серията на Раули отидох да взема фалшивия нос и мустаци, които Родрик държи в чекмеджето с боклуците си.

Щом Раули свали щангата в долна позиция, се наведох над него и го погледнах.

Както и очаквах, Раули ИЗЦЯЛО загуби концентрация. Дори не можеше да махне щангата от гърдите си. Помислих си да му помогна, но осъзнах, че ако не стане сериозен, никога нямаше да стигне моето ниво.

В края на краищата се наложи да го спася, понеже взе да хапе опаковката от мляко, за да източи пясъка от нея.

След като Раули стана от лежанката, беше ред за моята серия. Но Раули каза, че не иска да се упражнява повече, и си отиде у дома.

Знаете ли, мислех си, че може да направи нещо такова. Но, предполагам, не можеш да очакваш всички да са сериозни като теб.

Сряда

Днес по география имахме тест и да си призная, аз го чаках отдавна.

Тестът беше за столиците на щатите, а аз седя в дъното на стаята, точно до огромната карта на САЩ. Всички столици са надписани с едри червени букви, така че успехът ми беше вързан в кърпа.

Но точно преди да започне тестът, Пати Фарл се надигна в предната част на стаята.

Пати каза на господин Айра, че трябва да покрием картата на САЩ, преди да започнем.

И тъй благодарение на Пати се провалих на теста. Със сигурност ще намеря начин да ѝ го върна.

Четвъртък

Тази вечер мама влезе в стаята ми с листовка в ръка. Щом я видях, знаех ТОЧНО какво представляваше.

Беше обява, че в училището се провежда кастинг за зимна пиеса. Защо не изхвърлих проклетото нещо още като го видях на кухненската маса!

МОЛИХ СЕ да не ме кара да се записвам. Тези училищни пиеси винаги са мюзикъли, а последното нещо, което ми липсва, е да пея соло пред цялото училище.

Но цялото ми хленчене изглежда само още повече убеди мама, че трябва да го направя.

Тя каза, че единственият начин „да се развия всестранно" е да опитвам различни неща.

Татко дойде в стаята ми да види какво става. Казах му, че мама ме кара да се запиша за училищната пиеса и че ако трябва да репетирам, ще ми се обърка програмата за вдигане на тежести.

Знаех, че това ще го привлече на моя страна. Татко и мама спориха няколко минути, но татко нямаше никакъв шанс.

Това значи, че утре ще бъда на кастинг за училищната пиеса.

Петък

Тазгодишната пиеса ще бъде „Магьосникът от Оз". Много деца дойдоха с костюми за ролите, които искаха да играят.

Аз дори не бях гледал филма, така че за мен това изглеждаше като парад на откачените.

Госпожа Нортън, музикалният режисьор, накара всички да пеят песента „Америка", за да ни чуе гласовете. На кастинга за пеене бях заедно с няколко други момчета, принудени да дойдат от майките си. Опитах да пея колкото може по-тихо, но естествено ме посочиха.

Нямам представа какво значи „сопрано", но от кикота на момичетата се досещах, че не е нищо добро.

Пробите продължиха цяла вечност. Финалът дойде с кастинга за Дороти, която предполагам е главната героиня.

И кой, мислите, беше първи? Пати Фарал.

Помислих си да се кандидатирам за ролята на Вещицата, защото чух, че в пиесата тя прави куп лоши неща на Дороти.

След това обаче ми казаха, че имало Добра Вещица и Лоша Вещица, а с моя късмет ще ме изберат за добрата.

Понеделник

Надявах се, че госпожа Нортън просто ще ме изключи от пиесата, но днес тя каза, че всички, които са кандидатствали, ще получат роли. Голям късмет, няма що.

Госпожа Нортън ни показа филма „Магьосникът от Оз", за да се запознаем с историята. Опитах се да реша коя роля да играя, но всички герои танцуваха или пееха в някакъв момент. На средата на филма обаче си избрах роля. Ще играя Дърво, понеже 1) те не пеят и 2) замерят Дороти с ябълки.

Да замерям Пати Фарьл с ябълки пред публика на живо звучеше като сбъдната мечта. Накрая можеше дори да благодаря на мама, задето ме беше накарала да участвам в пиесата.

След края на филма се записах за Дърво. За нещастие доста други момчета имаха същата идея като мен. Май много хора имаха сметки за разчистване с Пати Фарьл.

<u>Сряда</u>
Е, както казва мама, внимавай какво си пожелаваш. Избраха ме за Дърво, но не зная дали това е толкова добре. Костюмите за Дървета всъщност нямат дупки за ръцете, така че хвърлянето на ябълки е изключено.

Може би трябва да се радвам, че изобщо имам роля с реплики. Имаше прекалено много деца и недостатъчно роли, затова започнаха да измислят герои.

Родни Джеймс кандидатства за Тенекиения човек, но се оказа в ролята на Храста.

Петък

Спомняте ли си как се зарадвах, че имам роля с реплики? Е, днес открих, че репликата ми е само една в цялата пиеса. Казвам я, когато Дороти откъсва ябълка от клона ми.

Това означава, че трябва да ходя всеки ден на двучасови репетиции, за една глупава дума.

Започвам да завиждам на Родни Джеймс за ролята на Храста. Той намери начин тайно да вкара видеоигра в костюма си и се басирам, че така времето минава много по-бързо.

И така, сега се опитвам да накарам госпожа Нортън да ме отстрани от пиесата. Но когато имаш да кажеш само една дума, е наистина много трудно да си объркаш репликите.

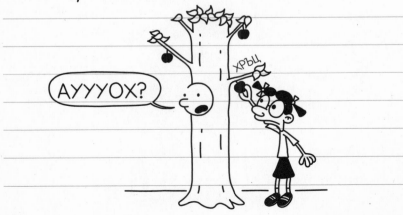

ДЕКЕМВРИ

<u>Четвъртък</u>

Пиесата е само след няколко дни, а нямам представа как ще се справим.

Първо, никой не си е направил труда да си научи репликите и за това е виновна госпожа Нортън.

По време на репетициите тя подсказва репликите на всички, шепнейки от мястото си до сцената.

Чудя се как ще минат нещата следващия вторник, когато госпожа Нортън ще седи на пианото си на десет метра от нас.

Другата причина всичко постоянно да се разваля е, че госпожа Нортън не спира да добавя нови сцени и герои.

Вчера тя доведе един първокласник, който да играе кучето на Дороти, Тото. Днес обаче дойде майката на детето и каза, че иска то да ходи изправено, понеже лазенето на четири крака било „унизително".

И така, сега имаме куче, което ще се разхожда на задните си крака през цялата пиеса.

Но най-лошата промяна е, че госпожа Нортън всъщност написа песен, която да пеем ние, ДЪРВЕТАТА. Тя каза, че всички „заслужават" възможност да пеят в пиесата.

Затова днес прекарахме един час да учим най-лошата песен, писана някога.

Слава богу, Родрик няма да е сред публиката, за да види как се унижавам. Госпожа Нортън каза, че пиесата е „полуофициално събитие", а знам, че няма начин Родрик да сложи вратовръзка заради някаква си пиеса в основното училище.

Но днес имаше нещо хубаво. Към края на репетицията Арчи Кели спъна Родни Джеймс и на него му се отчупи парченце от зъба, понеже не можа да протегне ръце, за да спре падането си.

И така, добрата новина е, че разрешиха на Дърветата за пиесата да си пробият дупки за ръцете.

Вторник

Днес е голямото училищно представление на „Магьосникът от Оз". Първият знак, че нещата няма да минат добре, се появи още преди началото на пиесата.

Надничах през завесата, за да проверя колко хора ще ни гледат, и познайте кой стоеше отпред. Брат ми Родрик с вратовръзка, която се защипва!

Сигурно е разбрал, че ще пея, и не е устоял на изкушението да ме види как се излагам.

Пиесата трябваше да започне в осем вечерта, но се отложи, понеже Родни Джеймс получи сценична треска.

Може би си мислите, че ако работата ти е цяла пиеса да стоиш и да не правиш нищо, можеш да изтърпиш едно представление. Но Родни не помръдваше и се наложи майка му да го отнесе.

Пиесата най-сетне започна към осем и половина. Никой не си помнеше репликите, точно както предсказах, но госпожа Нортън спасяваше положението с пианото си.

Хлапето, което играеше Тото, донесе на сцената табуретка и купчина комикси. Това изцяло съсипа образа на „кучето".

Когато дойде време за сцената в гората, аз и другите Дървета застанахме с подскачане на местата си. Завесата се вдигна и тогава чух гласа на Манц.

Страхотно. Опазих този прякор в тайна пет години и сега изведнъж целият град го научи. Усещах триста чифта очи, вперени в мен.

Импровизирах набързо и пренасочих унижението към Арчи Кели.

Но най-неприятното тепърва предстоеше. Когато чух госпожа Нортън да свири първите тактове на „Ний, три дървета", стомахът ми се обърна.

Погледнах към публиката и видях видеокамера в ръцете на Родрик.

Ясно ми беше - ако Родрик ме запишеше как пея, щеше да пази записа завинаги и да ме унижава с него цял живот.

Не знаех какво да направя, затова като дойде време да пеем, просто замълчах.

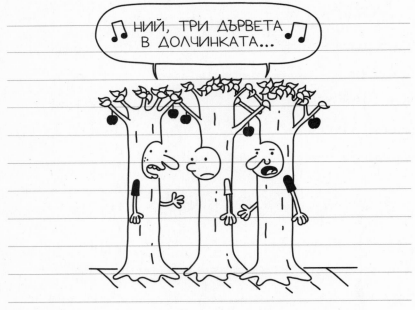

За няколко секунди всичко бе добре. Съобразих, че ако фактически не съм пял песента, Родрик няма да има с какво да ме тормози. Но след тези секунди другите Дървета забелязаха, че не пея.

Сигурно си помислиха, че знам нещо, което те не знаят, затова и млъкнаха.

Сега и тримата просто стърчахме там, без да обелим и дума. Госпожа Нортън навярно реши, че сме си забравили репликите, понеже дойде отстрани до сцената и ни зашепна продължението на песента.

Песента е само около три минути, но ми се стори като час и половина. Молех се завесите да се спуснат, за да се махнем от сцената.

Тогава забелязах Пати Фарър да стои зад кулисите. Ако можеше да се убива с поглед, Дърветата щяха да са мъртви. Сигурно смяташе, че ù проваляме шансовете за кариера на „Бродуей" или нещо такова.

Гледката на стоящата Пати ми напомни защо изобщо се бях записал да бъда Дърво.

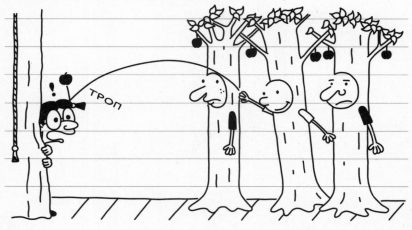

Скоро и другите Дървета взеха да хвърлят ябълки. Мисля, че даже и Тото се включи.

Някой събори очилата на Пати от лицето ѝ и едното стъкло се счупи. След това госпожа Нортън трябваше да спре представлението, понеже Пати не може да вижда на повече от половин метър без очила.

След края на представлението нашето семейство си тръгна заедно. Мама беше донесла букет цветя, които, предполагам, трябваше да са за мен. Тя обаче ги хвърли в кофата за боклук на излизане.

Надявам се само, че всички зрители са се забавлявали колкото мен.

<u>Сряда</u>

Е, ако от представлението излезе поне едно хубаво нещо, това е, че вече няма защо да се безпокоя за прякора Бъби.

Днес видях как дразнеха Арчи Кели в коридора след петия час, така че изглежда вече мога да дишам по-спокойно.

<u>Неделя</u>

С цялата суматоха в училище нямах време даже да си помисля за Коледа. А тя е след по-малко от десет дни.

Всъщност единственото нещо, което ме подсети за цдващата Коледа, беше списъкът с желания, който Родрик залепи на хладилника.

Желания на Родрик

1. Нови барабани
2. Нов бус
3. Череп

Обикновено всяка година правя дълъг списък с желания, но за тази Коледа искам само една видеоигра, наречена „Злият магьосник".

Довечера Мани щеше да преглежда коледния каталог и да огражда нещата, които иска, с дебел червен маркер. Мани ограждаше всички играчки в каталога. Отбелязваше дори най-скъпите неща, например огромна кола с мотор.

Затова реших да се намеся и да го посъветвам като по-голям брат.

Казах му, че ако огради твърде скъпи неща, за Коледа ще получи само куп дрехи. Обясних му, че трябва да избере три или четири средно скъпи подаръка, за да получи едно-две неща, които наистина иска.

Разбира се, Мани просто продължи да ограждa всичко, както винаги. Е, ще трябва да се научи по трудния начин.

Когато бях седемгодишен, единственото нещо, което наистина исках за Коледа, бе Къщичката на мечтите на Барби. И НЕ защото харесвам момичешки играчки, както твърдеше Родрик.

Просто си мислех, че ще бъде страхотна за войничетата ми.

Когато мама и татко видяха списъка с желанията ми онази година, сериозно се скараха. Татко каза, че няма начин да ми купи кукленска къщичка, а мама каза, че било здравословно за мен да „експериментирам" с каквито играчки искам да играя.

Ако щете вярвайте, но татко спечели този спор. Казаха ми да си съставя списъка наново и да избера играчки, „подходящи" за момчета.

Аз обаче си имам тайно оръжие за Коледа. Чичо ми Чарли ми купува каквото искам. Казах му, че искам Къщичката на мечтите на Барби, и той отговори, че ще ме уреди.

На Коледа, когато чичо Чарли ми даде подаръка, той НЕ беше каквото бях помолил. Вероятно е влязъл в магазина за играчки и е взел първото срещнато нещо с надпис „Барби".

Така че ако някога видите снимка, на която държа Барби в плажно облекло, поне ще знаете цялата история.

Татко не беше много доволен, като видя подаръка от чичо Чарли. Каза ми или да го изхвърля, или да го дам за благотворителност.

Аз обаче го запазих. Добре де, признавам, може и да съм си поиграл с куклата един-два пъти.

Така две седмици по-късно се озовах в лекарския кабинет с розовата обувка на Барби в носа си. И, повярвайте, ТОВА е нещо, за което Родрик няма да спре да ми натяква.

Четвъртък

Днес с мама излязохме да купим подарък за Дървото на подаръците в църквата. Дървото на подаръците е нещо като таен Дядо Коледа - купуваш подарък за някого, който се нуждае.

Мама избра червен вълнен пуловер за нашия човек от Дървото на подаръците.

Опитах да я убедя да купи нещо по-яко, например телевизор, машина за студени напитки или нещо подобно.

Представете си да получите за Коледа само един червен пуловер.

Сигурен съм, че човекът от Дървото на подаръците ще изхвърли пуловера на боклука заедно с десетте консерви, които сме му пратили за Деня на благодарността.

Коледа

Когато тази сутрин се събудих и слязох долу, под елхата имаше около милион подаръци. Като започнах да ровя из тях обаче, почти нямаше такива за мен.

А Мани беше направил огромен удар. Беше получил ВСИЧКО, което бе оградил в каталога - няма лъжа. Бас държа, че се радва, задето не ме е послушал.

Намерих две-три неща с моето име, но бяха главно книги, чорапи и подобни.

Отворих си подаръците в ъгъла зад кушетката, понеже не обичам да ги отварям близо до татко. Когато някой отвори подарък, татко изниква веднага и чисти след него.

ХРАС

Подарих на Мани играчка хеликоптер, а
на Родрик книга за рок групите. Родрик
също ми подари книга, но, разбира се, не я
беше опаковал. Книгата беше „Най-доброто
от „Малкото сладурче". Това е най-лошият
комикс във вестника и Родрик знае, че не мога
да го понасям. Мисля, че вече за четвърта
година получавам от него книжка на „Малкото
сладурче".

Дадох на мама и татко техните подаръци.
Подарявам им едно и също всяка година, но
родителите търпят такива неща.

Останалите роднини запристигаха около единайсет часа, а чичо Чарли дойде на обяд.

Той донесе голяма торба за боклук, пълна с подаръци, и извади моя подарък, който беше най-отгоре.

Пакетът беше с точния размер и форма на играта „Злият магьосник", така че чичо Чарли явно бе изпълнил обещанието си. Мама приготви фотоапарата и аз разопаковах подаръка.

Но той беше просто снимка на чичо Чарли с размери осем на десет инча.

Изглежда не съм прикрил добре разочарованието си и мама се ядоса. Мога да кажа само, че се радвам, задето още съм дете. Ако трябваше да се преструвам на щастлив от подаръците, които получават възрастните, нямаше да се справя.

Отидох в стаята си да си почина. След няколко минути на вратата почука татко. Той ми каза, че подаръкът ми от него е в гаража, защото е твърде голям, за да се опакова.

Когато слязох в гаража, там имаше чисто нова лежанка с тежести.

Сигурно струваше цяло състояние. Сърце не ми даде да кажа на татко, че съм загубил интерес към цялата история с тежестите миналата седмица, когато приключиха занятията по борба. Вместо това казах само „благодаря".

Татко май очакваше да се хвърля да правя упражнения, но аз просто се извиних и се прибрах вътре.

До шест следобед роднините си бяха тръгнали.

Седях на дивана, гледах как Мани играе с играчките си и се самосъжалявах. После дойде мама и каза, че е намерила зад пианото подарък с моето име „от Дядо Коледа".

Кутията беше много голяма за „Злият магьосник", но мама ми беше приложила същия номер с голямата кутия миналата година, когато ми подари памет за игралната конзола.

Затова разкъсах опаковката и извадих подаръка. Само че и това не беше „Злият магьосник". Беше огромен червен вълнен пуловер.

Отначало си помислих, че мама си прави някаква шега с мен, понеже пуловерът беше същият като този, който купихме за Дървото на подаръците.

Мама обаче също изглеждаше объркана. Каза, че НАИСТИНА ми е купила видеоигра и няма представа как пуловерът се е оказал в моята кутия.

Тогава разбрах. Казах на мама, че кутиите явно са били разменени и аз съм получил тази за човека от Дървото на подаръците, а той е получил моя подарък.

Мама каза, че е опаковала двата подаръка в еднаква хартия, така че сигурно е написала грешни имена на етикетите.

После обаче каза, че всъщност това е много хубаво, понеже човекът от Дървото на подаръците ще се зарадва много на чудесния подарък.

ПО КОЛЕДА СТАВАТ ЧУДЕСА!

Трябваше да ѝ обясня, че за да играеш „Злият магьосник", трябва да имаш игрална конзола и телевизор, така че играта щеше да е напълно безполезна за него.

Макар че Коледата ми не вървеше добре, сигурен съм, че за човека от Дървото на подаръците беше още по-зле.

Общо взето, реших да се призная за победен за тази Коледа и се запътих към къщата на Раули.

Тъй като бях забравил да му купя подарък, просто вързах панделка на книжката с „Малкото сладурче", подарена ми от Родрик.

Това изглежда свърши работа.

Родителите на Раули имат много пари и винаги мога да разчитам на тях за хубав подарък.

Но Раули каза, че тази година сам е избрал подаръка за мен. После ме заведе навън да ми го покаже.

От рекламата, която му правеше Раули, реших, че е голям телевизор или мотоциклет, или нещо подобно.

Отново обаче надеждите ми бяха твърде високи.

Раули ми беше купил триколка. Вероятно щях много да ѝ се зарадвам в трети клас, но сега нямам представа какво да правя с нея.

Раули беше толкова ентусиазиран, че дадох всичко от себе си да се престоря на щастлив.

Върнахме се вътре и Раули ми показа своята коледна плячка.

Определено беше получил много повече неща от мен. Дори си имаше „Злият магьосник", така че поне мога да я играя, като ходя у тях. Е, поне докато баща му открие колко насилие има в нея.

Освен това никога не сте виждали по-щастлив човек от Раули, когато видя „Малкото сладурче". Майка му каза, че това е единственото нещо от неговия списък, което не е получил.

Е, радвам се, че днес поне НЯКОЙ получи каквото е пожелал.

Нова година

Ако се чудите какво правя в стаята си в девет вечерта наврьх Нова година, нека ви обясня.

По-рано днес ние с Мани се боричкахме в мазето. Аз намерих топче черен конец, на килима и казах на Мани, че е паяк.

После се надвесих над него, уж да накарам Мани да го изяде.

Точно когато щях да го пусна, той ме удари по ръката и изпуснах конеца. И знаете ли какво? Глупчото го глътна!

Мани откачи напълно. Той изтича нагоре по стълбите при мама и разбрах, че съм в голяма беда.

Мани каза на мама, че съм го накарал да изяде паяк. Казах ѝ, че нямаше паяк, а само мъничко топче конец.

ПОДСМРЪК!

Мама заведе Мани до кухненската маса. После постави семка, стафида и гроздово зърно на една чиния и му каза да посочи най-близкото по размер до топката конец, която е глътнал.

Мани дълго гледа нещата в чинията.

После отиде до хладилника и извади портокал.

Ето затова ме пратиха да си легна в седем вечерта и не съм на долния етаж да гледам новогодишната програма по телевизията.

Затова и единственото ми новогодишно решение е никога повече да не играя с Мани.

Сряда

Намерих начин да се забавляваме с триколката, която Раули ми подари за Коледа. Измислих игра, при която някой се спуска по надолнището, а друг се опитва да го събори с футболна топка. Раули трябваше първи да се спуска, аз бях хвърлячът.

Да удариш подвижна цел е много по-трудно, отколкото си мислех. Освен това нямах много време за упражнения. На Раули му отнемаше десет минути да качи триколката на хълма след всяко спускане.

Раули ме увещаваше да се сменим и аз да
карам триколката, но аз не съм глупав. Това
нещо развива шейсет километра в час и няма
спирачки.

Както и да е, днес не успях да съборя Раули
от триколката. Но май си имам занимание за
остатъка от коледната ваканция.

Четвъртък

Днес се бях запътил към Раули да играем отново
с триколката, но мама каза, че преди да
изляза, трябва да си завърша благодарствените
картички за Коледа.

Мислех, че мога да напиша благодарствените картички за половин час, но когато седнах да го правя, умът ми се изпразни.

Нека ви кажа, не е лесно да се напише благодарност за нещо, което изобщо не си искал.

Започнах с нещата, които не бяха дрехи, понеже ги сметнах за най-лесни. Но след две-три картички усетих, че пиша едно и също.

Затова написах на компютъра обща бланка с празни места за нещата, които трябваше да се сменят. Оттам нататък писането на картичките беше просто като фасул.

Мила лельо Лидия,

Благодаря ти много за чудесната енциклопедия !
Как позна какво искам за Коледа?

Много ми харесва как енциклопедията
изглежда на рафта ми !

Всички приятели ще ми завиждат, че си имам
собствена енциклопедия.

Благодаря ти за това, че ми подари най-хубавата Коледа!

Искрено твой: Грег

Системата ми послужи добре за първите няколко
подаръка, но за следващите – не толкова.

Мила лельо Лорета,

Благодаря ти много за чудесните панталони !
Как позна какво искам за Коледа?

Много ми харесва как панталонът
изглежда на краката ми !

Всички приятели ще ми завиждат, че си имам
собствени панталони.

Благодаря ти за това, че ми подари най-хубавата Коледа!

Искрено твой: Грег

Петък

Днес накрая съборих Раули от триколката, но не така, както очаквах. Целех се в рамото му, но не улучих и топката попадна под предната гума.

Раули се опита да се приземи на ръце, но падна доста тежко върху лявата си ръка. Предположих, че ще я поразтръска и ще се върне на колелото, но грешах.

Исках да го ободря, но шегите, които обикновено го развеселяваха, не действаха.

Така разбрах, че се е ударил наистина лошо.

<u>Понеделник</u>

Коледната ваканция свърши и сме отново на училище. Помните ли инцидента на Раули с триколката? Е, счупил си е ръката и сега носи гипс. Днес всички се тълпяха около него, все едно е някакъв герой.

Опитах се да се възползвам от новопридобитата популярност на Раули, но се получи точно обратното.

На обяд група момичета поканиха Раули на своята маса, за да го ХРАНЯТ.

Най-много ме дразни това, че Раули е десничар, а счупената му ръка е ЛЯВАТА. Така че може да се храни чудесно сам.

Вторник

Осъзнах, че нараняването на Раули е чудесен повод за разговори, и реших, че е време и аз да си имам такова.

Взех малко марля от къщи и си увих ръката, все едно е наранена.

ТОВА Е УЖАСНА ИНФЕКЦИЯ ОТ НЕИЗВАДЕНА ТРЕСКА́!

Не можех да разбера защо момичетата не ме наобикаляха както Раули, но после се сетих какъв е проблемът.

Гипсът е интересен, защото всеки иска да се подпише върху него. А да се подпишеш с химикалка върху марля не е много лесно.

Затова измислих решение, което според мен беше не по-лошо.

Тази идея също се провали с трясък. Превръзката ми привлече вниманието на някои хора, но повярвайте, съвсем не сред желаните от мен.

Миналата седмица започнахме третия срок в училище, така че имам куп нови предмети.
Един от предметите, за които се записах, е Самостоятелно обучение.
ИСКАХ да се запиша за Домашен бит и техника 2, понеже бях доста добър по Домашен бит и техника 1.

Но да си добър шивач не е нещо, което ти печели особена популярност в училище.

ХЕЙ, ГРЕГ ИМА ДАМСКА ЧАНТА!

ВСЪЩНОСТ Е ИЗБРОДИРАНА ЧАНТА ЗА КНИГИ.

ДОБРЕ, КОТЕНЦЕ.

Както и да е, това Самостоятелно обучение е експеримент, който опитваме за пръв път в нашето училище.

Идеята е, че на класа се задава проект, след което трябва да работите по него през целия срок заедно, без учител в стаята.

Уловката е, че когато приключите, всички в групата получават еднаква оценка. Разбрах, че Рики Фишър ще е в моята група, което е голям проблем.

Коронният номер на Рики е да изстърже лепило от долната част на чина и да го дъвче, ако му дадеш петдесет цента. Затова нямам високи очаквания за крайната ни оценка.

Вторник

Днес получихме задачата си по Самостоятелно обучение и познайте каква е тя! Да построим робот.

Първо всички се паникьосахме, понеже си помислихме, че трябва да го конструираме от нулата.

Но господин Дарнъл ни обясни, че не е нужно да правим истински робот. Достатъчно е да измислим как би могъл да изглежда и какви неща би могъл да прави.

После той излезе от стаята и ни остави сами. Веднага започнахме да мислим. Написах няколко идеи на дъската.

Всички бяха доста впечатлени от моите идеи, но те бяха лесни за измисляне. Просто написах нещата, които мразя да правя сам.

После обаче няколко момичета излязоха отпред и имаха собствени идеи. Те изтриха моя списък и съставиха свой план.

Искаха да изобретят робот, който дава любовни съвети и има десет вида гланц за устни на пръстите си.

Всички момчета си помислихме, че това е най-тъпата идея, която сме чували. Затова се разделихме на две групи – момичета и момчета. Момчетата се отделиха в другата част на стаята, докато момичетата останаха да си говорят.

След като бяхме събрали всички сериозни хора на едно място, се хванахме на работа. Някой даде идеята, че може да си кажеш името на робота и той да ти го каже в отговор.

Друг обаче изтъкна, че за име просто не бива да използваш неприлична дума, защото роботът не бива да ругае. Затова решихме да напишем списък с неприличните думи, които роботът не бива да казва.

Сетихме се за всички обикновени лоши думи, след което Рики Фишър добави още двайсет, които останалите не бяхме чували.

Така Рики стана един от най-важните сътрудници на проекта.

Точно преди звънеца господин Дарнъл влезе в стаята да провери напредъка ни. Той взе листа, на който бяхме писали, и го прочете.

Ако пропуснем подробностите, предметът Самостоятелно обучение беше отменен до края на годината.

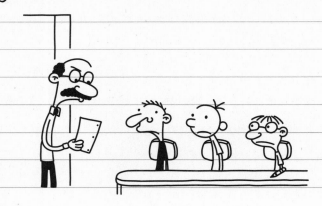

Е, поне за нас, момчетата. Така че ако в бъдещето роботите се разхождат с глави, за устни вместо пръсти, поне ще знаете откъде е тръгнало всичко.

Четвъртък

Днес в училище имаше общо събрание и показаха филма „Чудесно е да си на мое място", който ни прожектират всяка година.

Филмът е за това, как трябва да си щастлив от това кой си и да не променяш нищо в себе си.

Да ви кажа честно, смятам, че това е много тъп съвет към деца, особено към тези от моето училище.

По-късно обявиха, че има свободни места в Патрулите по безопасност, и аз се замислих.

Ако някой се заяде с Патрул по безопасност, може да го изключат. Както виждам нещата, всяка допълнителна защита би ми била от полза.

Освен това съзнавах, че може би ще бъде добре за мен да заемам длъжност с някаква власт.

Отидох до кабинета на господин Уински и се записах. Накарах и Раули да се запише. Мислех си, че господин Уински ще ни накара да правим набирания или скок звезда, за да докажем, че ставаме за работата, но той просто веднага ни даде ленти и значки.

Господин Уински обясни, че свободните места са за специална задача. Училището ни е точно до начално училище, където има полудневна детска градина.

Той иска по обяд да съпровождаме децата от първа смяна до домовете им. Осъзнах, че така ще пропускам двайсет минути от часа по аритметика. Раули явно също се сети, защото започна да го казва на глас. Аз обаче го ощипах силно под бюрото, преди да довърши изречението. Не можех да повярвам на късмета си.

НО ТАКА ЩЕ ПРОПУСКАМЕ УАААУХ

Бях получил мигновена защита от хулигани и безплатно освобождаване от половината час по аритметика, при това без да си мръдна пръста.

Вторник

Днес е първият ни ден в Патрула за безопасност. Ние с Раули нямаме постове като другите патрули, затова няма нужда да мръзнем навън един час преди училище.

Това обаче не ни попречи да отидем в бюфета за горещия шоколад, който се раздава на другите патрули преди разпределянето на задачите.

ДЗЪН

Друга чудесна екстра е, че можеш да закъснееш с десет минути за първия час.

ЗДРРРАВЕЙТЕ!

Казвам ви, с тези патрули направих голям удар.

В дванайсет и петнайсет ние с Раули напуснахме училище и поведохме децата от детската градина към домовете им. Цялата разходка отнемаше четирийсет и пет минути и когато се върнехме, щяха да остават само двайсет минути аритметика.

Придружаването на малчуганите не беше трудно. Но един от тях замириса странно и си помислих, че в гащите му се е случил някакъв инцидент.

Детето се опита да ми каже, но аз просто продължих с поглед, впесен напред. Ще заведа дечицата по домовете им, но, повярвайте, нямам намерение да сменям пелени.

ФЕВРУАРИ

<u>Сряда</u>

Днес за пръв път през тази зима валя сняг и училището беше затворено. Трябваше да имаме контролно по аритметика, а аз бях изостанал, откакто станах патрул. Затова се бях наплашил.

Обадих се на Раули и го поканих у нас. Двамата с него вече от две години си говорехме да направим най-големия снежен човек на света.

Когато казвам „най-големия в света", не се шегувам. Целта ни е да го вкараме в „Книгата за рекордите на Гинес".

БЛЯС

Но всеки път, когато се наканвахме сериозно да поставим рекорд, снегът вече се беше стопил и възможността беше пропусната. Затова тази година исках да започнем отрано.

Когато Раули дойде, започнахме да търкаляме първата снежна топка, за основата. Пресметнах, че основата трябва да бъде поне два метра и половина висока, ако искахме шанс да счупим рекорда. Но снежната топка стана много тежка и трябваше да си почиваме между претъркулванията, за да си поемем дъх.

По време на една от почивките ни мама излезе до магазина за хранителни стоки, но нашата снежна топка препречваше пътя на колата ѝ. Затова получихме малко безвъзмезден труд от нея.

След почивката ние с Раули продължихме да тикаме снежната топка, докато силите ни се изчерпаха. Когато погледнахме назад обаче, видяхме каква бъркотия бяхме причинили.

Снежната топка беше станала толкова тежка, че бе изскубнала чимовете, които татко беше поставил през есента.

Надявах се да натрупа още няколко сантиметра, за да прикрие следите ни, но снегът невъзмутимо спря да вали.

Планът ни да построим най-големия снежен човек в света започваше да се разпада. Затова ми хрумна по-добра идея за нашата снежна топка.

Всеки път, когато вали сняг, хлапетата от улица „Уърли" се спускат по нашия хълм с шейните си, макар че това не е техният квартал.

Затова утре сутринта, когато те закрачат по нашия хълм, ние с Раули ще им дадем урок.

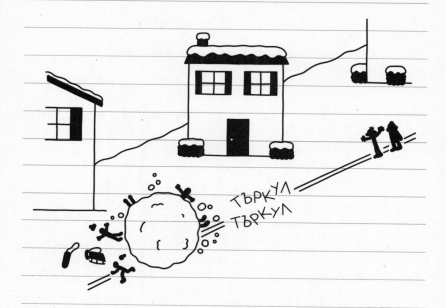

ТЪРКУЛ ТЪРКУЛ

Четвъртък

Когато се събудих тази сутрин, снегът вече се топеше. Затова подканих Раули да побърза да дойде у нас.

Докато го чаках да се появи, гледах как Мани се опитва да направи снежен човек от дребните буци сняг, оставени от нашата снежна топка.

Беше жалко.

Не можах да се въздържа от постъпката, която извърших след това. За мое нещастие точно тогава татко беше на предния прозорец.

Татко ВЕЧЕ ми беше бесен за съсипаните чимове, така че знаех, че съм загазил. Чух как се отвори вратата на гаража и го видях как излиза. Той пристъпи навън с лопата за сняг и си помислих, че ще трябва да се спасявам с бягство.

Но татко се беше насочил към снежната топка, не към мен. За по-малко от минута той унищожи плода на тежкия ни труд.

Раули пристигна няколко минути след това. Помислих си, че може всъщност да се развесели от случилото се.

Но той явно сериозно се беше наканил да изтъркали снежната топка по склона и доста се ядоса. Но чуйте само: Раули се ядосваше на МЕН за това, което ТАТКО направи. Казах му, че се държи като бебе, и започнахме да се блъскаме един друг. Точно когато изглеждаше, че ще се сбием, ни изненадаха откъм улицата.

Оказа се изненадваща атака на хлапетата от улица „Уърли".

Ако учителят ни по английски господин Ливайн беше тук, сигурен съм, че щеше да нарече цялата ситуация „иронична".

Сряда
Днес в училище обявиха, че има свободно място за карикатурист в училищния вестник. Има само едно място за комикс и досега то беше изцяло заграбено от един хлапак, Брайън Литъл.

Брайън рисуваше комикс, озаглавен „Откаченото кучи", който в началото беше всъщност доста смешен.

Напоследък обаче той започна да използва комикса, за да урежда личните си работи. Предполагам, затова са го отрязали.

Откаченото кучи   Брайън Литъл

Веднага щом чух новината, знаех, че трябва да опитам. „Откаченото кучи" направи Брайън Литъл знаменитост в училище и аз исках да получа същата слава.

Вече бях опитвал вкуса на славата в училище, след като спечелих похвала в онова състезание за агитация срещу пушенето.

Това, което направих, беше да прекопирам една картинка от списанията на Родрик за хевиметъл, но за щастие никой така и не разбра.

Победителят се казваше Крис Карни. Това, което ме вбесява, е, че Крис пуши поне по една кутия цигари на ден.

Четвъртък

С Раули решихме заедно да списваме комикс.
Затова след училище той дойде у нас и се
заехме за работа.

Скицирахме бързо няколко персонажа, но това
се оказа лесната част. Когато се опитахме да
измисляме шеги, сякаш се блъснахме в стена.

Накрая се сетих за добро решение.

Измислих комикс, в който последната реплика
от всяка серия е „Олеле, майко!".

Така нямаше да се налага да пишем истински
шеги и можеше да се съсредоточим върху
картинките.

За първите няколко серии на комикса аз нарисувах героите и написах репликите, а Раули нарисува рамките около картинките.

Раули започна да се оплаква, че не правел нищо, затова му дадох да напише няколко серии.

Ако съм честен обаче, неговото писане очевидно влоши качеството на комикса.

Накрая това с „Олеле, майко!" ми писна и оставих Раули да поеме цялата операция.

Ако щете вярвайте, но той рисува още по-зле, отколкото пише.

Казах на Раули, че може би трябва да измислим нещо ново, но той искаше да продължи да пише „Олеле, майко!". След това си взе комиксите и си отиде у тях, което не ме разстрои особено. И без това не искам да съм в комбина с някого, който даже не може да рисува носове.

След като Раули си тръгна вчера, наистина се захванах да работя върху комиксите. Хрумна ми герой, който се казва Крейтън Кретена, и се вдъхнових.

КРЕЙТЪН КРЕТЕНА   от Грег Хефли

Успях да нахвърля двайсетина комикса без никакво усилие.

КАКВО ЛИ ИМА В ТАЗИ СЛАДКА КУТИЙКА?

ТОВА НЕ Е КУТИЙКА, А ТУХЛА, МАЛОУМНИКО!

ОПА. ЦЯЛ ДЕН СЕ ОПИТВАМ ДА Я ОТВОРЯ.

ДОКТОРЕ, ИСКАМ НОВ ЗАДНИК. СТАРИЯТ ИМА ЦЕПКА ПО СРЕДАТА.

КРЕЙТЪН, КОЛКО ПЪТИ ТИ ПОВТАРЯМ, ЧЕ ВСИЧКИ ЗАДНИЦИ ИМАТ ЦЕПКА ПО СРЕДАТА!

О, ДА, ЗАБРАВИХ.

Хубавото в комикса „Крейтън Кретена" е, че с всички идиоти в училище НИКОГА няма да ми свърши материалът.

Когато отидох на училище днес, занесох комиксите си в кабинета на господин Айра. Той е учителят, който отговаря за училищния вестник.

Но когато ми дойде редът да си предам рисунките, видях, че вече има куп комикси от други деца – кандидати за мястото.

Повечето бяха доста зле, така че не се разтревожих много за конкуренцията.

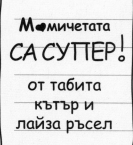

Момичетата
СА СУПЕР!

от табита
кътър и
лайза ръсел

не се доближавай до масата ни, тайлър грийн!

да, ти даже не си сладък!

ха ха ха ха ха
ха ха ха ха!

пльос

Момичетата
СА СУПЕР!

пляс

Един от комиксите се казваше „Тъпи учители"
и беше написан от Бил Трит.

Бил постоянно е наказан, така че сигурно
има зъб на всичките ни учители, включително
господин Айра.

Затова не се тревожа много и от неговите шансове в конкурса.

В купчината всъщност имаше и един-два свестни комикса, но аз ги пъхнах под куп документи върху бюрото на господин Айра.

Надявам се, че няма да ги намерят, преди да премина в гимназията.

Днес по време на сутрешните обявления получих
новината, на която се надявах.

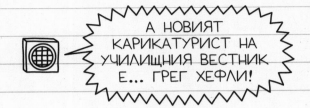

А НОВИЯТ
КАРИКАТУРИСТ НА
УЧИЛИЩНИЯ ВЕСТНИК
Е... ГРЕГ ХЕФЛИ!

Вестникът излезе днес по обяд и всички го
четяха.

Исках да си взема екземпляр, за да си видя
името напечатано, но реших известно време да
се правя на непукист.

Седнах на края на масата за обяд, така че да има много място, на което да подписвам автографи за новите си почитатели. Никой обаче не дойде да похвали комикса ми и започнах да чувствам, че нещо не е наред. Грабнах един вестник и отидох в банята да го разгледам. Като видях комикса си, щях да получа инфаркт.

Господин Айра ми каза, че е направил някои „дребни редакции" в моя комикс. Мислех, че само е поправил някоя правописна грешка или нещо подобно, но той го беше опропастил изцяло.

Съсипаният комикс беше от любимите ми. В оригинала Крейтън Кретена има контролно по математика и случайно изяжда листа. После учителят му крещи, задето е такъв идиот.

След намесата на господин Айра изобщо не можеше да се познае, че става дума за същата серия.

Крейтън любознателният ученик   от Грег Хефли

Учителю, ако x + 43 = 89, колко е x?

Крейтън, x е 46!

Благодаря. Деца, ако искате да научите повече за математиката, посетете господин Хъмфри в приемните му часове. Или идете в библиотеката и вижте наскоро разширения раздел за математика и наука!

И така, сигурен съм, че скоро няма да раздавам автографи.

ПОДМАЗВАЧ!

ФРАСС

МАРТ

<u>Сряда</u>

Двамата с Раули се наслаждавахме на горещия
си шоколад в бюфета с останалите патрули,
когато по високоговорителя се чу обява.

РАУЛИ ДЖЕФЕРСЪН ДА
СЕ ЯВИ ВЕДНАГА ПРИ
ГОСПОДИН УИНСКИ.

Раули се запъти към кабинета на господин
Уински и когато се върна след петнайсет
минути, изглеждаше доста уплашен.

Изглежда господин Уински бе получил обаждане
от родител, че е видял Раули да „тероризира"
децата от детската градина, които е трябвало
да придружава от училище към къщи. Господин
Уински беше бесен.

Раули се оплака, че господин Уински му крещял около десет минути и казал, че действията му „позорят значката".

Знаете ли, може и да се сещам за какво става дума. Миналата седмица Раули имаше контролно през четвъртия час, затова придружавах малчуганите сам.

Сутринта беше валяло и по тротоара имаше много червеи. Реших да се позабавлявам с хлапетата.

ИИИИИИ!!!

Но някаква жена от квартала ме видя и се развика от верандата си.

Беше госпожа Ървайн, приятелка на майката на Раули. Сигурно ме е помислила за Раули, понеже бях заел неговото палто.

До днес бях забравил за целия инцидент.

Както и да е, господин Уински каза на Раули, че утре сутрин ще трябва да се извини на децата от детската градина и че е отстранен от Патрулите за седмица.

Знаех, че вероятно трябва просто да кажа на господин Уински, че аз гонех хлапетата с червеите. Но не бях готов веднага да възстановя справедливостта. Знаех, че ако си призная, ще загубя правото си на топъл шоколад. Това беше достатъчно да ме накара да замълча засега.

Днес на обяд мама позна, че нещо ме тормози, затова после дойде в стаята ми да говори с мен.

Казах ѝ, че съм в трудно положение и не знам какво да правя.

Чест ѝ прави начинът, по който го прие. Тя не се опита да чопли, за да изрови подробностите. Каза само, че трябва „да постъпя, както е правилно", защото решенията, които вземаме, ни правят това, което сме.

Предполагам, че това е доста добър съвет. Но все още не съм 100% сигурен какво ще се случи утре.

Четвъртък

Е, след като цяла нощ се въртях и мислих върху ситуацията с Раули, накрая взех решение. Реших, че е правилно този път да оставя Раули да поеме удара от името на отбора.

На връщане от училище си признах пред Раули цялата истина за случая – че аз съм този, който е гонил хлапетата с червеите.

После му казах, че и двамата можем да си вземем поука от това. Аз научих, че трябва да бъда по-внимателен пред къщата на госпожа Ървайн, а той също е получил ценен урок: да внимава на кого заема палтото си.

Да ви кажа честно, Раули май не възприе посланието ми.

Днес трябваше да се помотаем заедно след училище, но той каза, че просто ще се прибере у тях да си подремне.

Не можех да го виня. Ако не си бях изпил шоколада тази сутрин, и аз нямаше да имам много енергия.

Когато се прибрах, мама ме чакаше на предната врата.

Мама ме изведе да ме почерпи със сладолед. Цялата случка ме научи на това, че понякога не е лошо да слушаш майка си.

Вторник

Днес по високоговорителя имаше друга обява и да си призная, общо взето, я очаквах.

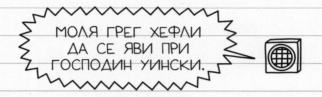

Знаех, че е въпрос на време да загазя заради миналата седмица.

Когато стигнах до кабинета на господин Уински, той беше наистина бесен. Каза ми, че е научил от „анонимен източник", че аз съм истинският виновник в инцидента с червеите.

После ми съобщи, че съм освободен от Патрула „на момента".

Е, не е нужно да си детектив, за да се сетиш, че анонимният източник е Раули.

Не можех да повярвам, че той е постъпил така подло с мен. Докато седях и търпях конското на господин Уински, си мислех, че трябва да изнеса на приятеля си една лекция за това, какво всъщност е лоялността.

По-късно днес върнаха Раули в Патрулите. Нещо повече: ПОВИШИХА го. Господин Уински каза, че Раули „се държал достойно в сянката на неоснователно обвинение".

Мислех си добре да го подредя, задето ме е издал така, но после съобразих нещо.

През юни всички офицери от Патрулите за безопасност ще пътуват до Сикс Флагс и имат право да вземат по един приятел. Трябва да направя така, че Раули да вземе мен.

Вторник

ЧАКАЙ, АЗ ЩЕ ТИ Я ПОДАМ, „КАПИТАНЕ".

Както казах преди, най-лошото на уволнението от Патрулите е това, че си губиш правото на горещ шоколад.

Всяка сутрин отивам до задната врата на бюфета, надявайки се Раули да ме уреди.

Моят приятел обаче или е оглушал, или е твърде зает да се подмазва на другите офицери, за да ме забележи на прозорчето.

Всъщност, като си помисля, Раули ИЗЦЯЛО ме избягва напоследък. Това е много смотано, понеже, ако правилно си спомням, ТОЙ предаде МЕН.

Въпреки че Раули напоследък се държи като гадняр, днес все пак се опитах да разчупя леда помежду ни. Но дори ТОВА не свърши работа.

АПРИЛ

<u>Петък</u>

От случката с червеите насам Раули се мотаеше с Колин Ли всеки ден след училище. Най-гадното е, че Колин би трябвало да е МОЯТ резервен приятел.

Тези хора се държат съвсем абсурдно. Днес Раули и Колин носеха еднакви тениски, заради които ми се доповръща.

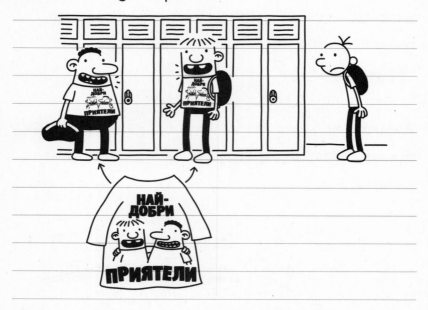

Дори след вечеря ги видях да се качват заедно по хълма, унесени в разговор.

Колин си носеше багажа за нощуване, така че явно щеше да спи у Раули.

Помислих си: добре, и аз мога да играя ТАЗИ игра. Най-добрият начин да си го върна на Раули беше да си намеря собствен нов най-добър приятел. Но за съжаление единственият човек, за когото се сетих в този момент, бе Фрегли.

Отидох до къщата на Фрегли с моята чанта за пренощуване, за да види Раули, че и аз имам други възможни приятели.

Когато стигнах там, Фрегли беше в предния двор и ръчкаше с пръчка едно хвърчило. Тогава взех да се замислям, че може би това не е най-добрата идея.

Но Раули беше в своя преден двор и ме гледаше. Разбрах, че няма връщане назад.
Самопоканих се в къщата на Фрегли. Майка му каза, че много се радва, че той си има „другарче". Думата не предизвикваше особен ентусиазъм у мен.

Двамата с Фрегли се качихме в неговата стая. Фрегли се опита да ме накара да играя „туистър" с него, затова бях нащрек да не го доближавам на по-малко от три метра.

Реших, че трябва просто да се откажа от тази глупава идея и да си ида вкъщи. Но всеки път, когато поглеждех през прозореца, Раули и Колин още бяха в предния двор на Раули.

Не исках да си тръгвам, преди те двамата да се приберат. Но с Фрегли нещата бързо излязоха от контрол. Докато гледах през прозореца, той отвори раницата ми и изяде цялото ми пакетче с желирани бонбони.

Фрегли е от онези деца, които не трябва да ядат захар, така че след две минути вече се блъскаше в стените.

Фрегли започна да се държи като луд и ме подгони из целия горен етаж.

Все се надявах, че захарната му криза ще отшуми, но не стана така. Накрая се заключих в банята, за да изчакам да му мине.

Около единайсет и половина коридорът утихна. Тогава Фрегли пъхна лист хартия под вратата.

Взех го и го прочетох.

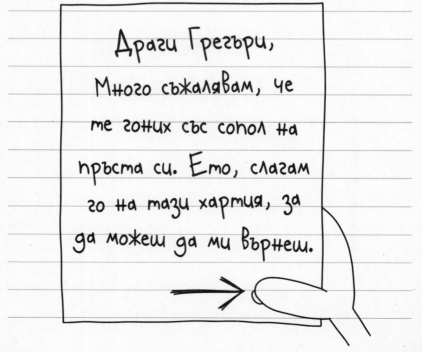

Това е последното, което си спомням, преди да припадна.

Свестих се няколко часа по-късно. Открехнах вратата и чух хъркане от стаята на Фрегли. Реших да се спасявам с бягство.

Мама и татко не бяха много доволни, че ги изкарах от леглото в два през нощта. В този момент обаче изобщо не ми пукаше.

Е, ние с Раули сме официално бивши приятели вече от месец и да ви кажа право, по-добре съм си без него.

Радвам се, че мога да правя каквото си искам, без да се тревожа, че трябва да нося целия този товар.

Напоследък след училище киснех в стаята на Родрик и тършувах из нещата му. Преди няколко дни намерих един от годишните му албуми от основното училище.

Родрик беше надписал всички снимки в албума, така че можеше да разбереш доколко е харесвал всяко дете на неговата възраст.

От време на време виждам бившите съученици на Родрик из града. Трябва да му благодаря, че направи ходенето на църква доста по-интересно.

Но най-интересната страница в албума на Родрик е тази с фаворитите на класа.

На нея са снимките на децата, избрани за „Най-харесван", „Най-талантлив" и така нататък.

Родрик беше писал и на страницата с фаворитите.

С НАЙ-ГОЛЯМ ШАНС ДА ПРЕУСПЕЯТ

Бил Уотсън   Кати Нгуен

Знаете ли, тази работа с фаворитите ме
накара да се размърдам.

Ако се пребориш да те изберат за страницата
с фаворити, на практика ставаш безсмъртен.
Дори после да не оправдаеш това, за което са
те избрали, няма значение – отбелязан си черно
на бяло.

Хората все още се отнасят с Бил Уотсън все
едно е специален, въпреки че отпадна от
гимназията.

Все още го виждаме понякога в магазина за хранителни стоки.

И така, ето какво си мисля: тази учебна година беше по-скоро провал, но ако успея да се вредя сред фаворитите, ще я приключа, както ми се иска.

Опитвах се да се сетя за категория, в която имам шанс. „Най-харесван " и „Най-атлетичен" определено отпадат, така че ще трябва да си избера нещо по-постижимо.

Първо си помислих, че може да се обличам много добре до края на годината, за да бъда „Най-добре облечен".

Това обаче означаваше да ме снимат с Джена Стюарт, а тя се облича като прабаба си.

Сряда

Миналата нощ, си лежах в леглото, когато ми хрумна идеята: ще бъда смешникът на класа.

Не че съм известен като много забавен в училище, но ако успея да извъртя някакъв голям номер точно преди гласуването, може и да се окаже достатъчно.

МАЙ

Четвъртък

Днес се чудех как да поставя кабърче на стола на господин Уърт по история, когато той каза нещо и ме накара да преосмисля плана си.

Господин Уърт ни каза, че утре има час при зъболекар, така че ще имаме заместник. Заместник-учителите са като златна мина за майтапи. Можеш да кажеш каквото си искаш и няма да имаш неприятности.

<u>Петък</u>

Днес влязох в часа по история, готов да изпълня плана си. Но когато се изправих на прага, познайте кой се оказа заместникът?

ЗДРАВЕЙ, МИЛИЧЪК!

От всички възможни заместници по света се беше паднала майка ми. А аз си мислех, че тя е приключила да се меси в моето училище.

Едно време мама беше от онези родители, които идват, за да помагат в класната стая. Това обаче се промени, когато бях в трети клас. Тогава тя доброволно предложи да ни придружи на разходка до зоологическата градина.

Мама беше приготвила всякакви материали, за да ни помогне да оценим различните експонати, но единственото, което искаха децата, беше да гледат как животните ходят до тоалетната.

Както и да е, мама изцяло провали моя план да стана смешник на класа. Имам късмет, че няма категория „Най-голямо мамино синче", понеже след днешния ден щях да я спечеля с огромна преднина.

Сряда

Днес отново излезе училищният вестник. Бях
се отказал от мястото на карикатурист след
излизането на „Крейтън любознателният ученик"
и не ми пукаше с кого са ме заменили.

Но на обяд всички се смееха на страницата с
комикса, затова си взех едно копие да видя
какво е толкова смешно. Когато го отворих, не
можах да повярвам на очите си.

Беше „Олеле, майко!". И, разбира се, господин
Айра не беше променил и една ДУМИЧКА в
комикса на Раули.

Олеле майко!   от Раули Джеферсън

Хей,
красиво момиче,
искаш ли да
излезеш с мен?

Аз
не съм момиче,
а просто куче
с дълга козина,
така че
не, благодаря.

ОЛЕЛЕ
МАЙКО!

И така, сега Раули получаваше всичката слава, която се предполагаше да е за мен.

Дори учителите се подмазват на Раули. Почти си повърнах обяда, когато господин Уърт си изпусна тебешира в часа по история.

Тази история с „Олеле, майко!" наистина ме разстрои. Раули получаваше цялото признание за комикса, който бяхме измислили заедно. Реших, че поне може да впише името ми като съавтор.

Затова отидох при него след училище и му казах, че трябва да направи това. Но Раули каза, че „Олеле, майко!" е изцяло НЕГОВА идея и аз нямам нищо общо с нея.

Сигурно сме говорили доста силно, защото в следващия момент около нас вече се бе насъбрала тълпа.

Децата в моето училище ВИНАГИ се радват да гледат бой. Двамата с Раули се опитахме да отстъпим, но те нямаше да ни пуснат, докато не си разменяхме по някой юмрук.

Преди никога не съм се бил наистина, затова не знаех как трябва да стоя и да си държа юмруците. Раули изглежда също не знаеше какво да прави, защото просто заподскача наоколо като елф.

Бях почти сигурен, че можех да победя Раули в бой, но се безпокоях от факта, че той учи карате. Не знам какви фокуси им показват в часовете по карате, но последното нещо, което ми трябваше, бе той да ме просне върху асфалта.

Преди някой от нас с Раули да направи първия ход, откъм училищния паркинг се чу скърцане. Шайка тийнейджъри тъкмо бяха спрели пикапа си и започнаха да се изсипват от него.

Отначало се зарадвах, че всички насочиха вниманието си към тях вместо към нас. Другите деца обаче се изпариха в момента, когато тийнейджърите тръгнаха към мен и Раули.

Тогава осъзнах, че въпросните тийнейджъри ми изглеждат странно познати.

Изведнъж се сетих. Те бяха същите, които ни гониха с Раули в нощта на Вси светии, и най-сетне ни бяха намерили.

Но преди да хукнем да се спасяваме, ръцете ни бяха извити зад гърбовете.

Тези типове искаха да ни дадат урок, задето ги дразнихме тогава, и започнаха да спорят какво да правят с нас.

Но да си кажа честно, аз се безпокоях повече за нещо друго. Сиренето бе само на метър-два от мястото, където стояхме, и изглеждаше по-гадно от всякога.

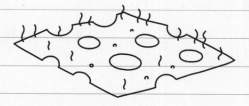

Едрият тийнейджър сигурно забеляза погледа ми, защото в следващия момент и той вече гледаше Сиренето. Това май му даде идеята, от която се нуждаеше.

Първо се заеха с Раули. Едрото хлапе го сграбчи и го замъкна до Сиренето.

Не искам да описвам точно какво стана после. Защото ако някога Раули реши да кандидатства за президент и някой открие какво го накараха да направи тези момчета, той няма да има шанс.

Затова ще ви го кажа така: накараха Раули да _____ Сиренето.

Разбрах, че ще накарат и мен да го направя. Започнах да се паникьосвам, тъй като знаех, че не мога да се измъкна с бой от ситуацията.

Затова се наложи да ги баламосвам.

Ако щете вярвайте, но това свърши работа.

Предполагам, тийнейджърите решиха, че са ни дали достатъчен урок, понеже си тръгнаха, след като накараха Раули да довърши Сиренето.

Качиха се обратно в пикапа си и поеха по пътя.

Ние с Раули тръгнахме заедно към къщи. Никой от нас не казваше нищо.

Помислих си да му спомена, че може би можеше да използва каратистките си хватки, но нещо ми подсказа засега да не изричам мисълта на глас.

БРРРРРр
БРРРРРр

Вторник

Днес учителите ни пуснаха навън след обяда.

Точно пет секунди бяха необходими, за да забележи някой, че Сиренето липсва от мястото си на игрището.

Всички се струпаха наоколо, за да погледнат мястото, където бе Сиренето. Никой не можеше да повярва, че наистина е изчезнало.

Хората започнаха да измислят откачени теории за това, какво му се е случило. Някой каза, че може би на Сиренето са му пораснали крака и е избягало.

Нужно беше цялото ми самообладание, за да си удържа устата затворена. Ако Раули не беше точно до мен, не зная дали щях да успея да си премълча.

Две от момчетата, които спореха какво е станало със Сиренето, бяха същите, които ни подстрекаваха вчера следобед. Разбирах, че скоро някой щеше да събере две и две и да се сети, че ние имаме нещо общо.

Раули започваше да се паникьосва и не го обвинявам. Ако истината за изчезването на Сиренето излезеше наяве, с Раули щеше да е свършено. Щеше да се наложи да напусне щата, а може би и страната.

Тогава реших да се обадя.

Казах на всички, че знам какво е станало със Сиренето. Заявих, че ми е писнало то да стои на игрището и съм решил да го разкарам веднъж завинаги.

За момент всички застинаха. Помислих, че хората ще започнат да ми благодарят за постъпката ми, но ох, колко грешах.

Как ми се иска да го бях разказал с други думи. Защото, ако бях изхвърлил Сиренето, сещате ли се какво значеше това? Значеше, че имам Сиренявото докосване.

<u>Петък</u>

Е, ако Раули ми бе благодарен за това, което направих за него миналата седмица, не си е признал. Но започнахме пак да се мотаем заедно след училище, а това май значи, че отново сме си приятели.

Честно мога да си кажа, че засега да нося Сиреняовото докосване не е кой знае колко лошо.

То ме спаси от танцуването на народни танци по физическо, понеже никой не искаше да ми е партньор. Освен това всеки ден на обяд си имам цяла маса само за мен.

Днес бе последният учебен ден и след осмия час ни раздаваха албума на класа.

Прелистих до страницата с фаворитите на класа и ето каква снимка ме чакаше там.

СМЕШНИК НА КЛАСА

Раули Джеферсън

Единствено мога да кажа, че ако някой иска безплатен годишен албум, може да си изрови един от кошчето зад бюфета.

Знаете ли, Раули може да си бъде смешник на класа колкото си иска. Но ако вземе много да се възгордява, просто ще му напомня, че той е човекът, който изяде _____.

БЛАГОДАРНОСТИ

Много хора помогнаха тази книга да види бял свят, но четирима заслужават особени благодарности:

Редакторът от „Ейбрамс" Чарли Кокман, чиято подкрепа за „Дневникът на един дръндьо" далеч надмина моите надежди. Всеки писател би бил късметлия, ако Чарли му бъде редактор.

Джес Бралиър, който разбира силата и възможностите на издаването по Интернет и помогна на Грег Хефли да стигне до читателите за пръв път. Особено ти благодаря за твоето приятелство и наставления.

Патрик, чиято помощ изигра ключова роля за подобряването на тази книга и който не се страхуваше да ми каже, когато някоя от шегите ми беше плоска.

Съпругата ми Джулия, без чиято невероятна подкрепа книгата никога нямаше да стане действителност.

ЗА АВТОРА

Джеф Кини е разработчик и проектант на онлайн игри, както и писател, достигнал първо място в класацията за бестселъри на „Ню Йорк Таймс". През 2009 г. Джеф е включен в списъка на списание „Тайм" с най-влиятелните хора в света. Той прекарва детството си във Вашингтон, а през 1995 г. се премества в Нова Англия. Джеф живее в Южен Масачузетс със съпругата си и двамата им сина.